WEI YUEDU
微阅读
1+1工程
1+1
GONG
CHENG
第一辑

乳香飘

刘国星

百花洲文艺出版社
BAIHUAZHOU LITERATURE AND ART PRESS

上，人丛里，飞快地驰上远处的山
他猛然勒马，马长嘶若龙吟，
的剪影悬在山梁上空的天穹上，
欢呼置若罔闻。兀自从怀中取一
开来。连跨下的马都不禁连连打
那股乳香仿佛沁进了他的肺腑
你，你好吗？

子英武无敌，他能射死天穹尽头的雄鹰，能摔倒草原上
汉子。是这片草原无双的好汉，巴林王说，骏马总要
原，雄鹰就要搏击风雨；我把王位传给你吧！巴林王
头，说，我不要王位。巴林王子眼望天上的白云，
一片空灵，我想在春日的草原上纵马驰骋，我爱马
和鹰的飞翔，我不喜欢一堆人围坐在毡包里，挖
算计人。巴林王马鞭子尖啸着抡过来……
时巴林王子脑海里还浮现出一位姑娘：姑娘的
里透红，浑身上下散发乳香。那时姑娘怀抱
白的羊羔，百灵鸟般的歌喉，更让巴林王子
在何乡！他不知不觉
姑娘走出好远……后
间：你是谁？巴林
我是牧马人。你
呢？在草原的尽
天边。姑娘粲然
吧小羔放在绿
那羊羔颈上
竟一溜小
过来，巴
惊喜地抱
看那
眼睛
嘴巴
……
咩

图书在版编目(CIP)数据

乳香飘／刘国星著. —南昌:百花洲文艺出版社,
2013.5

(微阅读1+1工程)

ISBN 978-7-5500-0642-3

Ⅰ.①乳… Ⅱ.①刘… Ⅲ.①小小说—小说集—中国
—当代 Ⅳ.①I247.8

中国版本图书馆CIP数据核字(2013)第098922号

乳香飘

刘国星 著

出 版 人:姚雪雪

组稿编辑:陈永林

责任编辑:赵 霞 黄 平

出 版:百花洲文艺出版社

发行单位:全国新华书店

印 刷:北京一鑫印务有限责任公司

开 本:787mm×1092mm 1/16

印 张:12

版 次:2013年8月第1版

印 次:2013年8月第1次印刷

字 数:124千字

书 号:ISBN 978-7-5500-0642-3

定 价:20.00元

赣版权登字:05-2013-237

网址:http://www.bhzwy.com

图书若有印装错误,影响阅读,可向承印厂联系调换。

前　言

以"极短的篇幅包容极大的思想"，才能够以小胜大，经过读者的阅读，碰撞出思想的火花，震撼人的心灵。正因为这样，微型小说成为一种充满了幽默智慧、充满了空灵巧妙的独特文体。

如果说在二十一世纪的头一个十年，是互联网大大改变了我们的生活，那么在我们正在经历的第二个十年里，手机将更为巨大地改变我们的生活。如今，以智能手机为平台，正在构成一个巨大的阅读平台。一种新的阅读方式正不知不觉地走进大众的生活。一个新的名词就此产生，它便是"微阅读"。微阅读，是一种借短消息、网络和短文体生存的阅读方式。微阅读是阅读领域的快餐，口袋书、手机报、微博，都代表微阅读。等车时，习惯拿出手机看新闻；走路时，喜欢戴上耳机"听"小说；陪人逛街，看电子书打发等待的时间。如果有这些行为，那说明你已在不知不觉中成为"微阅读"的忠实执行者了。让我们对微型小说前景充满信心和期待的是，微型小说在微阅读的浪潮中担当着极为重要的"源头活水"。

肩负着繁荣中国微型小说创作、促进这一文体进一步健康发展的责任和使命,微型小说选刊杂志社推出了"微阅读1+1工程"系列丛书。这套书由一百个当代中国微型小说作家的个人自选集组成,是微型小说选刊杂志社的一项以"打造文体,推出作家,奉献精品"为目的的微型小说重点工程。相信这套书的出版,对于促进微型小说文体的进一步推广和传播,对于激励微型小说作家的创作热情,对于微型小说这一文体与新媒体的进一步结合,将有着极为重要的作用和意义。

编者

2013 年 8 月

目　录

那一季马蹄声碎的爱情

　　我第一眼看见牛车里的那位姑娘时，我的心醉了，就像干渴的人喝下一杯醇香的马奶酒一样，人有种飘升的甜蜜感觉。是时，斡难河水流欢唱，草原泛绿，鲜花正开。那架缀满鲜花的牛车闯进我的视野时，我正纵鹰狩猎，马蹄生香。当我看见那位姑娘时，我知道，我被爱情的利箭射中了。

　　我抽出马刀，毫不犹豫地纵马向牛车扑去，向那群在我眼里不堪一击的蔑儿乞部众扑去。我是蒙古部的巴特尔，我叫也速该，我是草原上的英雄。

　　在反攻不反攻我的问题上，马蹄声碎中，几个人竟有过争论。

　　这是蒙古部的营盘，我们快逃吧！

　　不，是草原男儿，就要把血洒在冲锋的路上。

　　现在冲上去，全都会没命！

　　你，你是个好丈夫，但却不是草原的英雄！你，你快逃吧！

　　马蹄声中，几个人落荒而逃。

　　我纵马追赶，他们还是留下了两具谷个子似的尸体，逃远了。

　　抢亲，在蒙古高原古已有之，抢来的新娘比娶来得还要珍贵！何况蒙古高原争战不休，蒙古部和蔑儿乞部更是世仇。

　　我拨马再看牛车里的姑娘时，再一次惊呆了——她太美了，我呆呆地不知怎么形容她。我还嗅到一股类似于鲜花和牛奶混合的芬芳，使我响亮地打了几个喷嚏。

　　后来我知道她叫月额伦，我牵着牛车往营盘走去时，月额伦大声哀呼：我的丈夫赤列都啊！在吹乱乌发的野风中，在漫漫无际的荒野中，你将如何熬过？那身单影只、饥肠辘辘的日子啊！如今的我，长发两辫前后分，此苦此难怎度过！

　　我说，我会对你好的！我会让你爱上我的！

月额伦抬头看看我，又垂下头，啜泣不止。

我会让你爱上我的！我重复着又说了一遍。

我得到了月额伦，但她却从来不笑。我知道，我还没得到她的心。

草原部落的争战此起彼伏。塔塔儿部曾把蒙古部的可汗俺把孩送给金国，被活活地钉死在木驴上，俺把孩曾说，让蒙古部的后世子孙报仇，直至磨尽指甲，十指流血。我们多次发动战斗，每次我都参加了。第一是报仇，第二是想让月额伦承认我是英雄。我想让她喜欢我！

一年后的一次战斗中，我擒获了塔塔儿部的首领铁木真兀格，回到营盘，月额伦竟生下一个手握凝血的男孩。我以俘虏的名字给孩子命名叫"铁木真"，就是希望把敌人的勇气智慧都凝聚在这孩子的身上。

我的部众喝酒跳舞，以示庆贺。

可我发现月额伦的脸上还是没有笑意。难道她还没爱上我？

一转眼，铁木真 12 岁了，我领他去弘吉惕部结亲，月额伦却很担心，我们上路时，她的眼睛里满是忧伤，长袖轻挥，一瓢一瓢地泼洒奶酒，祝福我们一路平安。我私下揣度，她担心的是否只是铁木真？

在回来的路上，几个人在林间摆下宴席，我们按照礼节坐下喝酒，向主人表示敬意。那献酒的孩童唱道：飘香的奶酒啊，真醇美！远方的贵客请你干一杯，杯里的情意啊深似湖水，沁人心脾啊人不醉……

我仰头一饮而尽。

后来，我才听出下面是这样唱的：……客人畅饮啊，主人相随，千言万语关在我心扉，喝下去的是孤儿的血和泪，冤冤相报，你能怨谁？

我喝下了毒酒，那伙人竟是塔塔儿人，他们不在战场上解决争端，而用这种卑鄙的手段害我。我无悔，我觉得我是光明正大的，我是英雄，而他们虽然达到目的，可是一些龌龊小人。

我更后悔的是，这一生，我可能再也得不到月额伦的心了。

我强撑一口气驱马赶回营盘，月额伦和孩子们呼天抢地冲上来，月额伦紧紧抱住我，大声呼唤我的名字，"也速该！也速该……"

我睁开眼，看着美丽依旧的月额伦。我轻轻地问："你，你爱过我吗？"

月额伦的泪水悄然滑落脸腮，握住我的手，连连点头说："爱过！爱过！"

"为何？"

"因为你是草原上的英雄！从你拔刀冲向我的那一刻，我就爱上了你。"

　　我眼睛里缓缓流出泪，"你为什么不笑?"

　　"我笑，怕你看轻我，就不爱我啦!"

　　霎时，我的心灵开阔如一望无际的草原，可眼皮却越来越重。朦胧中，马蹄声碎，我觉得自己正骑在追风驹上，手举马刀，向那个缀满鲜花的牛车驰去……

一场关于额吉的雪

蒙古部首领也速该被塔塔儿部毒死，蒙古部众皆散尽。

那天恰好降一场大雪，天地一色，草场蓦然间空旷无边。

额吉诃额伦牵着几个孩子冰凉的小手，凄然无语，同样无语的还有不儿罕山和冰封的斡难河水。

七个孩子，七张嘴，无底洞。

奶酪风干肉秋季转场就已吃尽。诃额伦只存有一小袋炒米，她看得异常金贵，她知道这将是家里整个冬天的保命粮。

那天一大早，诃额伦和孩子们踏雪上不儿罕山挖草根，拾野菜，回来洗净放进锅里，再放几颗炒米粒，热气腾腾，香味依然袭鼻……铁木真、别克贴儿和弟弟妹妹们吃得鲜美无比。锅空了，孩子们仍握紧空碗，伸出红红的小舌头，里外地舔。就在这时，却发生了意外——别克贴儿放下碗，眼光瞟瞟悬在屋梁上的炒米，猛一个飞身竟抄下炒米袋子，一把一把向嘴里猛灌……铁木真鹰隼般冲上前，拳打脚踢，夺下袋子，可炒米已所剩无几。

铁木真"刷"一声抽出蒙古刀，要杀别克贴儿。

"住手！"诃额伦母亲愤怒地喊住铁木真。

诃额伦身材高挑，身上的皮袍补丁盖补丁，但却合身，她月亮般的脸颜和黑宝石般的眼睛周围，也早浅浅地浮出皱纹。她知道今冬的日子将更加艰难。但这还不是最主要的，她看到孩子们草原狼般的目光，更恐惧的情绪就萦绕在心头，久久不散。

诃额伦母亲自箭筒里取出一枝箭，递给铁木真，说："你能折断吗？"铁木真不言语，"咔嚓"一声，箭杆已折。

诃额伦又递给别克贴儿一枝箭，说："你能折断吗？"别克贴儿咽一口，也"咔嚓"一声，折断箭杆。

诃额伦一一把箭递给孩子们，他们都毫不费力地折断了箭杆。

诃额伦又拿出七枝箭，放在一起，让铁木真折，铁木真没折断。别克贴儿也没折断，所有孩子都没折断。诃额伦看着别克贴儿和别勒古台，深情地说："你们同为也速该的孩子，为何不能同心协力团结呢！为何又像阿阑阿母亲的5个孩子一样不和呢？你们要团结起来，共渡难关！"

铁木真和别克贴儿都深深地低下头。

谁知，刚过一天，别克贴儿的老毛病又犯了。

铁木真射下一只沙鸡子，别克贴儿三步并作两步蹿上前抢下猎物，一口口往嘴里吞，鲜血淋漓……

铁木真想起诃额伦额吉的话，只是怒目而视。

铁木真刚钓上一尾鱼，别克贴儿又蹿上前，活着就吞进肚里。

铁木真张弓搭箭，一箭竟洞穿别克贴儿的胸膛。

诃额伦额吉大骂铁木真："你还有点情义吗？你这个咬断驼羔脚跟的公驼，你这个雨天扑向羊群的饿狼！"

诃额伦额吉病卧穹庐。

铁木真冒雪打猎，眼前晃动着额吉瘦弱的面容。

傍晚，铁木真猎回一只山鸡，烤好后，捧给额吉，诃额伦摇头不吃，孩子们风卷残云般吃下。

第二天，铁木真捉来土拨鼠，烤好后，再捧给诃额伦，她仍不吃，孩子们互相看看，又吃下。

第三天，铁木真射一只草原狼，烤熟后，跪捧给诃额伦，额吉仍不吃，孩子们互相瞅瞅，一个个也不吃，却跪倒在额吉的榻前。

额吉诃额伦说："孩子们，你们吃吧！"

孩子们说："你不吃，我们吃不下！"

慢慢地，诃额伦脸上露出笑容，眼里却流出眼泪，"你们知道了吗？世上有比吃饭保命更重要的情义啊！"

铁木真扑上前，抱紧额吉，大声说："额吉，我知道啦！"

那场雪慢慢融化了，春草萌发，百灵鸟又筑巢唱歌了。

额吉诃额伦和孩子们挖野菜、抓小兽，食物终于果腹了。更让诃额伦和孩子们温暖的是萦绕在心间的一种情愫。

后来，铁木真统一草原，各部纷纷臣服，可独独就有安答扎木合四处挑

拨，拒绝投降，致使蒙古部众还生活在战乱之中——而扎木合却是铁木真结义三次的安答。

一日，扎木合的几名随从擒住扎木合，竟押扎木合来向铁木真请赏。

原来，扎木合和几个随从穷途末路，捕猎一只盘羊，扎木合野狼般进餐时，几个随从衣衫褴褛，饥肠辘辘，私下计议，抓住他向铁木真请赏吧！或许才能保住一条命。

铁木真近前松开扎木合的绳索，赐座奉为上宾，却命令卫士杀掉扎木合的几个随从，随从皆高声喊冤！

铁木真说："你们和扎木合曾是兄弟，你们不知道世上有比生命更贵的东西吗？"

随从一时无语。

扎木合起身，引颈待戮。

铁木真问："你是我结义的安答，我不杀你！"

扎木合说："我现在知道，作为安答，我唯有速死，才能证明我知道了世上还有比命更贵的东西！"

扎木合和铁木真抱头痛哭。

扎木合奔赴刑场那天，天降大雪，白茫茫一片。

铁木真长跪不起，他的眼前脑海里一片洁白。

他想起许多年前的一场雪，一场关于额吉的雪。

和八骏一起狂奔

13岁那年，我拉开了阿爸的宝雕弓，驯服了马群里最生猛的铁青马。

额吉抚着我鼓突的胸肌喜极而泣："博而术啊博而术，你长大啦！你终于成了一匹草原上的千里马啦！"阿爸却神色漠然，"唉，再好的千里马，也没有驰骋的草场啊！"

我明白阿爸和额吉的意思，那时草原上七十二部全反了，你攻我掠，草原里的每一寸土地，都浸着鲜血，每一缕风中都有女人和孩子的哭声……

战争让每一个人的生命都朝不保夕。

那天早晨我见到那个孩子时，我正在挤马奶。他骑着马急急地问我，"有马群通过吗？"我见他双目带火，面部有光，心里就很好奇，就告诉他，"是的，有马群通过！"他拨转马头就要追，我一下抓住缰绳，"不行，他们十几个人呢？他们会杀死你！"其实我看出他丢了马，我想吓唬他一下，看他有没有胆量和大人斗。

他竟然笑了，眉毛一挑，"哼！他们杀我，我不会杀他们吗？"

我的好奇心又来了，是的，我倒要看看他怎么杀那些盗马贼！

我说："我和你一同追他们吧！"

我们码着蹄印和粪迹追上马群时，太阳斜在西边的山头上。我们躲在山丘后，见十几个人挎着马刀，圈住马群，正在扎帐篷……他们要宿营了。

我说："我们冲上去，杀他个冷不防！夺回你的马吧！"

他却按住我的手，说："不急，我们等到天黑后，再去抢马！"

我心里不禁冷笑，什么呀！我看着他飘忽的眼神想，他是不是害怕啦？

天黑后，我们溜进马群，我很奇怪，他在前面走，那八匹马不用赶，竟兀自跟着他快步跑出马群……一匹马竟兴奋地"咴咴"叫了声。"不好，有偷马的！"盗马贼们乱纷纷爬起身来追，却被我们用箭射退了。

天蒙蒙亮时，我们赶着马已逃出几十里地，我和他纵马驰骋，我们就像驰骋在一幅画里：绿绿的大草原，八匹骏马个个神采飞扬，扬鬃奋蹄，初升的朝阳印红了我们年轻的脸膛……我们赶着马，兴奋地哈哈大笑。谁知，这时身后却传来叫喊声和一阵急骤的马蹄声，不好，盗马贼们追上来了。我大惊，张弓搭箭射倒了前排的两个，再搭箭时，箭筒已空。我急得满头大汗，原来，在骑马夜奔时，慌里慌张，竟让箭蹿出了箭筒，丢了。

他却说："我有箭，我射！"

我赶着八骏先行，回头时，只见他驻马弯弓，弓开如月，竟慢慢向天空中的海东青瞄去……我以为他糊涂了，正欲喝止，却见那箭啸叫着飞了出去，海东青尖叫一声，栽到追兵面前……

我的心要跳出嗓子眼，盗马贼和我们相距不到一箭地，战马几个纵身就能冲上来。我握紧马刀，脑门和手心里竟沁出冷汗。

他怒吼，声若洪钟："你们偷了我的马，还不知悔悟？谁再追，就如这只海东青！"

马队为首那人慌乱地举起手，勒住马，止住追上的马队，交谈几句，竟慢慢退了下去……

几个月后，那人派他的弟弟别勒古台来找我，要给我结友，统一草原。

正在牧羊的我连家都没回，只让牧羊人告诉阿爸和额吉："我走了，我要和八骏一起狂奔！"

其实，就在盗马贼退却时，我滚鞍下马，与那个人紧紧相拥，我热泪盈眶，我说："我找到了草原！"

那人叫铁木真，后来的成吉思汗。

他说："抢马等到天黑，盗马贼不知虚实，我们才能真正做到出其不意！射死海东青而没射盗马贼，是震慑住他们，因为我也只剩下最后一支箭！"

美人如梦

你向铁木真提出的第一个建议是让他称汗。

那时，铁木真内忧外患，草原还雄踞着塔塔儿部、蔑儿乞部、克烈部、札答兰部等几大兀鲁思；乞颜部里的黄金家族主儿乞人也虎视着可汗的宝座。

你没多说，其实多说也无益。

铁木真虎视眈眈地看着你，部将们也用野狼的目光看着你。他们的心思你当然明白，铁木真刚刚战败，你和扎木合可是一个祖宗，你来投奔铁木真，谁不怀疑呢？

你投降铁木真，你是想做出一番事业。

你让铁木真称汗，是抢先一步，竖起大旗，收拾散失的蒙古人的心呀！

可这些你不能说，你说，我梦见一头草黄色的母牛，撞倒扎木合，而拉着房车，跟着铁木真走在宽阔的大路上，这时，天地相商，让铁木真做国主啊！

部将者勒蔑尖着嗓子说，不信，不信，一个梦来糊弄谁？

你又盯着众人说，如果铁木真做国主，我还有个条件呢！那就是给我30个美人做老婆！

铁木真哈哈大笑，部众们也哈哈大笑。

你总算对付过去这个场面，可是，可是，你投降铁木真，真就是为那30个美人吗？

草原争雄，每次召开军事会议之后，者勒蔑都尖着嗓子叮嘱你，千万要保住小命呀！要不你就没福享用那30个老婆啦！

众人都哈哈大笑，你起初还强辩，后来就说，这有什么可笑的，谁没个三房四妾？

就是在十三翼之战，你冒着生命危险提前来到扎木合营地，送礼问候扎木合，让其撤兵，其实是铁木真派你稳住扎木合，争取时间。

当时，扎木合与他的部将真在蒸羊肉，大锅架起来，火势熊熊，水汽迷漫……扎木合让你闭住嘴，等他们吃完羊肉再说话……场里的气息都是凝住的。你的两个随从忽然转身就跑，你大喊，别负了扎木合古儿汗的盛情呀！扎木合让人端碗热汤，让你喝下去，你挨个桌子，礼貌地先让客人们喝，扎木合图穷匕见，一脚踢翻了热汤，全弄到你的脸上……你逃回营后，铁木真夸赞你立了头功，者勒蔑却还调侃说，你可别破了相，那样你的30个美人可要遭殃了。

部将们哈哈大笑，你也笑了。你在心里说，别看你们个个如狼似虎，可这次你们谁去，都未见保住性命啊！

十几年，草原大局定矣，铁木真平定草原各部，成了成吉思汗，就是大海一样的汗，你被封为林中万户。

你去视察属民时，林木中的首领塔儿浑夫人陪你喝酒看舞，你多喝了几杯，沉沉地睡了过去。醒来时，耳畔确有狼的嗥叫声，你立身问为什么？塔儿浑夫人说，你个老色鬼，你要在我的部落里选美女呀！

十几天过去了，来救你的人说，博儿忽为救你被射死了。

你一下闭上了双眼，巨大的悲凉几欲击倒你。博儿忽是成吉思汗的猛将，没死在战场，却死在这个阴沟里呀！

者勒蔑尖着嗓子责难，你呀！都是你的好色！

你向成吉思汗进言，请收回成命，不再要那30个美女啦！

成吉思汗却说，不，你必须娶30个美女，这是命令，可汗的命令不能改。

在与30个美女入洞房时，很热闹，那夜，你们没睡觉，喝酒喝个通宵。

第二天，恰逢库里台大会，你整装进帐，准备接受者勒蔑等人的嘲笑，可是，可是，一直到散会走出军帐，人们也没嘲笑你。

你忍不住问者勒蔑，我有30个老婆呀？

者勒蔑轻轻推开你，你不就是有30个老婆吗？谁不知道？

你慢慢地闭上眼睛，你知道，你的30个老婆掩盖了你的满腹奇谋，这就是你的墓志铭啊！

你叫豁儿赤。

大 草 原

我们相逢于草原深处。

你的首领要送我一匹马，我想到的却是你这匹千里马。

我走向你时，大草原的东方正喷薄出一轮鲜红的太阳，空气沁人心脾，绿的草、杂色的花上洒满颗颗晶莹的露珠。我的心竟也随着脚步，莫名地跳快了半拍。

那时你骑在马上，握一柄长长的套马杆，套绳垂呈弧状，若月牙。群马嘶鸣，你奋力向一匹乌龙驹驰去……

我是蒙古部的首领，而你只是主儿乞部的一名奴隶。可草原部众都说：没有木华黎拉不开的弓，也没有木华黎驯不服的马。

主儿乞部首领却只让你牧马，部众都为你鸣不平，你却爽快地答应了。

牧马、喝酒、唱歌，你好像生活得挺快乐。

你没有看见我，你驰马只盯着那匹宛如黑炭一般的乌龙驹。乌龙驹跑几圈，竟狡猾地闪入马群，你嘘个空儿，挥杆如满月，一套，一跃，身形腾闪，几个箭步竟蹿上乌龙驹的脊背。乌龙驹前蹄一竖，足有一丈高，接着就猛烈连续地尥蹶子，扒下的草皮被扬向半空……你紧握马鬃，像长在乌龙驹的脊背上。乌龙驹昂头长嘶一声，风一样地奔向东方的太阳。

群马次第低头吃草，草原恢复了平静。

远远地，牧羊姑娘的歌声飘过来：星空团团旋转着，众部落都反了，你争我夺，不得安卧。天边的草地都翻转了，众部落都反了，你攻我打，不得下榻……

我怅然若失，我错过与你相识的一次机会。

正当我欲转身离去时，一阵急促的马蹄声直震耳鼓，你的剪影一晃一晃地冲入我的视线。

你笑声朗朗，大声喊着赛白努，向我问好，身后的乌龙驹竟温顺地用唇亲吻你的脊背，我知道，你又驯服了一匹千里马。后来你向别人说，那时你见到我，见大汗身材魁伟，极其雄壮。

我没向别人说过，我只盯住你的眼，在那里，我看到了广阔无边的大草原和清清的贝加尔湖，也看到了智慧、忠诚和勇敢。

你拉过乌龙驹，朗声说："铁木真首领，主儿乞部赠你的乌龙驹！"我盯视你的眼睛，也朗声说："我不要一马驰骋，我要的是万马奔腾！"

你一愣，垂下头，旋即，眼中闪过一丝迷惘，我知道，你的心里已掀起万丈波澜。

我问你："不儿罕山岿然不动，斡难河水奔涌不歇，你木华黎真想遁世渡一个人吗？"

我感叹地说："是千里马，就需要广阔的大草原啊！"

你紧紧握住我的手，热泪盈眶。我也久久地紧紧握住你的手，眼里也涌出泪，泪珠滚落尘埃，洇进茫茫的大草原。

远处，牧羊姑娘还在唱：星空团团旋转着，众部落都反了，你争我夺，不得安卧。天边的草地都翻转了，众部落都反了，你攻我打，不得下榻……

你拉过那匹乌龙驹，要我上马，我笑着婉拒。你"扑通"一声，跪倒在地，含泪说道："铁木真首领，请上马，我只是一名奴隶，我敬你有大草原一样的胸怀啊！"

后来，我们平定了蒙古高原。

再后来，我西征。

你攻金。

捷报像飞扬的雪片，铺天盖地报往军中。我们像上帝的鞭子，不停地挥舞，可也有不和谐的声音闯进我的心里——木华黎位高权重，大汗恐怕要养虎为患啊！当我定神寻找这声音时，它又像草原的风一样，无迹可寻。

一次军宴，你报捷的兵士闯进来，"报大汗，木华黎大捷！"喧哗的大帐骤然静下来，我停住牛角杯，眼望风尘仆仆的兵士，默然无语。身边的八字胡谋士却站起身，公鸭一般的嗓子，尖尖地叫："大汗，木华黎攻金长翅，威望几与大汗比肩，望大汗早作定夺呀！"我怒摔牛角杯，飞起一剑，鲜血溅洒，人头落地，八字胡谋士的嘴巴仍像鱼嘴般一翕一合。

你怎知大草原？你怎知木华黎？

众将股抖，莫敢仰视。

帐内帐外，只有草原的风在草尖上打着呼哨。

我诏封你为太师、国王，且谕曰："太行之北，朕自经略，太行以南，卿其勉之。"赐大驾所建九斿大旗，仍谕诸将曰："木华黎建此旗以出号令，如朕亲临也。"

兵士欢呼雀跃而去。

我仿佛又看到十几年前的一幕：大草原红日初升，你手擎套马杆，胯下乌龙驹，风一般向我驰来……

羊毛堆里的秘密

那一个有月的夜晚，大汗掀帘走进我的蒙古包，我往火撑子加柴的手不禁颤了一下。我赶忙深深一揖，我说，大汗。

大汗双手扶起我，大汗说，合答安，别这样，你对我就没别的称呼了吗？

我摇摇头。

大汗就长长地叹了一声，坐在我的卧榻上。

我知道，大汗并不是因为我叫他大汗而叹气，也不是因为他的仇敌而叹气，他叹气的原因是他的儿子术赤。

我理解大汗，也源于我们彼此不幸的爱情。

大汗还不是大汗的时候，大妃勃儿帖被蔑儿乞人掠去，生下术赤。有人说术赤是异族血统，有人说大妃抢走前就已怀了孕。谁也说不清楚了。

大汗的心底最深处就被割了一刀，永不愈合。

大汗说，给我酒。

我端上马奶酒，大汗一仰头，就喝个底朝天。我再倒满，大汗又喝了下去。我没有拦他，酒也许能缓解那深入大汗骨髓里的痛。

我再加酒时，大汗双手扶住我的肩，大汗双眼望着我，依然是有火在烧，大汗说，合答安，嫁给我吧！

我摇摇头，大汗急急地说，你，你答应过的啊！

看着大汗那双眼睛，我不禁想起那个有月的夜晚，一阵急促的马蹄声震得大地直颤，我们的蒙古包里冲进一个十五、六岁的带枷少年，我在阿爸愣神的功夫，就把他藏在包外的羊毛堆里，一群壮汉挥舞马刀来寻，却怎么也没找到。白日里，艳阳高照，整个部落都被翻个底朝天，怎么也寻不到他？我悄悄去看他，见他把鼻子嘴巴露在外面，已经热得奄奄一息。我心底一热，我也钻进羊毛堆，我尽力撑开羊毛，让微风吹在他的身上……他忽然握住我的手，说，你对我真好，我会娶你的！我看着他那双热切的眼睛，说，我同意！

可是，可是，在我 18 岁那年，我却被首领赏给予大汗对阵勇敢的傻骆驼。从 18 岁起，我再没笑过，我的心里始终飘着那雪白雪白的羊毛堆。

大汗终于带兵攻来了，傻骆驼为他的勇敢献出了生命。

可我，可我，还是那个撑着羊毛的合答安吗？我的心早死了啊！

我对着那双眼睛再次摇摇头，我轻轻地唤一声，"大汗"。大汗放开手，无奈地苦笑说，唉，一个可汗，竟会这样。"哈哈哈"。大汗走出包外，大汗说，我等着你，好马不吃回头草，我还希望你能回心转意啊！

我的泪水流下来，不，让我做你的奴仆吧！永远陪伴在你的身边！

大汗的大军又远征了，并没有带我这个奴仆。

在离开大汗的日子里，我的心都是悬着的，我怕大汗受了风寒，怕他受伤，怕他失败……怎么会这样？原来，我竟发现，在羊毛堆分别后，我的心从来就没离开过他。

日子越来越多，我的头脑里，处处涌现着大汗的音容笑貌……远远地，终于传来急骤的马蹄声，我慌慌张张奔出帐外，我要迎接我的大汗……冲过一匹怒马，挥刀的汉子，奋力一刀，我的身子就抛上空中，一阵剧痛传遍全身，耳边传来部众的惊呼，西夏军偷营啦！

我睁大眼睛，看见天空的白云似雪白的羊毛堆，我喑哑着嗓子叫道：铁——木——真……

大 汗

　　腾格里的旨意，要我和大汗齐降草原。

　　我是苏鲁锭，是战场上的利器。挑、劈、刺、抽、挡……无一不能，无坚不摧。后来几十年，我和大汗须臾不离——大汗手持苏鲁锭，俨若天神，指向那里，蒙古兵的铁骑马刀就卷向那里，截山断水，无往不胜。

　　我喜爱红色，我爱血。

　　大汗降生时，右手握着我——赫然凝结的血块。大汗眼神似火，容颜生光，触蛇般哭闹着丢弃，以为就避开了我，但我一天也没有离开过大汗。只不过有时他看不见我，而我却看得见他。我知道，我们的命运是紧密相连的。

　　沉寂了好一阵子，在大汗 14 岁那年，我终于嗅到血的腥甜，听见血的啸叫。我战栗不已。

　　大汗和弟弟哈撒儿登上不儿罕山山梁，汗流浃背，头晕眼花。大汗又累又饿，甚至都没有拉弓的气力，而哈撒儿却射落了一只山鹰。两人欢叫着捡拾猎物，一家人的晚餐终于有了着落。谁知，异母弟别克帖儿却不知何时，尾随上来，一把夺过山鹰，毛也不褪就往嘴里塞……大汗和哈撒儿双目喷火，怒气撑得皮肤鼓胀，别克帖儿却舐着嘴角的鲜血，津津有味。大汗仿佛见到哈着腥气的野狼。我的魂魄盘旋在大汗头顶，但大汗和哈撒儿还是放下了箭。我怅然若失。也就在山下斡难河畔，大汗和哈撒儿钓上一条金色的鱼时，别克帖儿又一把抢过去，捂到嘴里。哈撒儿大喊："别克帖不死，全家人都得饿死！"大汗紧闭双目，咬紧牙齿，张弓发箭，竟贯穿别克帖儿的胸膛，一股鲜血呼啸而出……

　　我五脏六腑迸溅快意，痴望那血，如霞似虹。大汗却在额吉的皮鞭下痛苦地闭着眼睛，我亦看见他内心流淌的红色。

　　在随后的日子里，大汗娶回美人孛儿帖，旋即又被蔑儿乞人抢去，我才

终于以苏鲁锭的形状握于大汗手中。

十二世纪的蒙古高原，部落纷争不断，今日为座上宾，明日就变刀下鬼。大汗常望着腾格里，低沉地说："不统一草原，草原将永无安宁！"

我春风得意，饱尝血的味道。

大汗统一草原大小七十二部，真正地坐在大汗的位置上。大汗分封万户、千户、百户、十户，让他们的子弟组成怯薛军，明是护卫大汗，实则以子为质。蒙古草原内部果然不起刀兵。

那些日子，大汗心底涌动的是难以形容的欢乐。我却陷入落寞。

大汗握苏鲁锭的手，拿起笔管，创立蒙古文字，还向花拉子模派出五百人的商队，要把和平的种子，播向世界。

也就在那一刻，我再次嗅到血的腥甜，听见血的啸叫，遥远苍茫的天际，我看见漫天血雨随风扬洒——花拉子模血屠商队，抢尽财物。

消息传到草原，大汗登上不儿罕山，3 天不吃不喝，向腾格里祈祷。3 天后，大汗走向山冈，人已形销骨立，蒙古将士个个热泪盈眶。风儿拂动利刃，我听到铁器干燥的轻响。

大汗的苏鲁锭指向花拉子模后，花拉子模就消失了。大汗又把苏鲁锭指向西夏。大汗约西夏共同进兵，西夏却置信誉不顾，断然拒绝。看着大帐外前来投降的西夏王，我再次尝到血的滋味。大汗说："不处死这些反复无常的小人，天下就没有和平的日子！"

策马草原，天下英雄谁挡苏鲁锭？我志得意满。

后来，你也许不相信，我看到的血竟是大汗的。大汗骑红沙马围猎，红沙马被野马惊怒，双蹄一竖，跌落大汗，大汗伤口流血，竟洇红草地……大汗脸上亦平静似蓝天草原，远去了，回归了腾格里。

我再次落寞于草原。

而今，只每年祭祀大汗，我才被请上祭坛。

一匹快马，驮定苏鲁锭，扬鬃奋蹄跑向祭坛。无论多烈的马，驮上苏鲁锭都驯服得像只绵羊。

因为马也知道，我爱红色，我爱血。

大 妃

我本该早就去见长生天的。

我有花的容颜、云的秀发、水的肌肤，草原部落的人都说我是草原美人。我叫孛儿帖。

铁木真迎娶我时，弘吉惕部的青年汉子眼里有火。巴图竟撸胳膊挽袖子跳出来，要和铁木真摔跤较力。草原汉子谁不气吞山河，谁有力气谁就是英雄。巴图是部落里的大力士，是摔跤王，近年从未有人摔倒过他。众人目光里的铁木真竟镇定自如步入场地，我和阿爸的心都悬起来。铁木真微笑着凑近巴图耳语，折转身，大喝一声："我进攻了!"直扑上去，巴图竟举双手护住眼睛，铁木真一个绊子竟摔倒了牛样的巴图。巴图站起身仍拦住铁木真，不让他进毡包，"你，你还要射下天上的月亮!"四周笑声涌起。都觉得巴图有点无理取闹。铁木真笑着轻声附在我耳边说："我告诉他，我要进攻他的眼睛，他才输给我的。"我心里一震，我觉得铁木真是草原真正的英雄，机智没人比过他。

众人簇拥着我们欲步入毡包。我大喊一声："慢着!"我向铁木真指指我的头饰，那里面镜子里映出一轮初升的月亮，全场哗然。我步出一百步，我相信铁木真，射落镜子，我是你的人，稍有偏差，我就去见长生天，我要让我的英雄有始有终。场内静极，铁木真拈弓搭箭，一下竟射落镜子。弘吉惕部的汉子们高声呼好。

新婚回到斡难河畔，蔑儿乞人的马蹄声惊天动地而来，直震耳膜，铁木真和他的弟弟们都逃进不儿罕山，我钻进羊毛车里逃跑，谁知车轴断了，蔑儿乞人抓走了我，把我许配给他们的族人。

三年后一夜，蔑儿乞人营地里喊杀声震天。我看着怀中瑟缩的孩子，面色平静，置若罔闻。有几次，我站起身，欲冲进蒙古刀和马蹄的影子里……

孩子红扑扑的小脸上挂满泪水，羔羊般喊："额吉，我怕。"那一瞬，我知道我再也不是原先的孛儿帖，我的心在喊杀声里，一点点变冷，直沉下去。第二日黎明，有人冲进大帐，我看见是铁木真，铁木真冲上前抱住我，但他像是没看见我怀里的孩子。铁木真拉住我要走，我大喊："孩子！我的孩子！"铁木真一愣神，竟一把抢过孩子，我张大嘴巴看着他，铁木真热泪盈眶地大声喊："孩子，我的孩子！"我觉得心里的血冲遍我的全身，阳光瞬间照亮草原。

几年征战，铁木真踏平塔塔尔部，竟纳娶也速干和也遂做妃子。大将木华黎来到我面前吞吞吐吐当说客，我眼睛里流出泪水，心底却划过一只雄鹰，我知道，鹰是属于天空的，是属于草原的。我扶起木华黎，列队出迎大汗铁木真，也和也速干和也遂相见。

草原拼杀，几十年就过去了。大汗征西夏身受重伤，他派人接我去见他，他说："昆仑神来召唤他，他就要走了。"我没有流泪，我知道，大汗是腾格里的儿子，他不属于个人，他属于草原。

大汗走了两年，我真得去见腾格里，我阿爸说，他明白，海东青牵着的日是铁木真，而月就是孛儿帖。

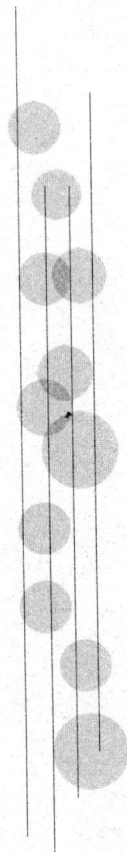

最是那回眸一顾的温柔

3年来，一双眼睛生长在我心里，常令20岁的我脸红心跳。那双眼睛，时远时近，真切又模糊。但我坚信，它绝没有一刻离开过我。

逃亡路上，父亲望着我涨红的脸庞，莫名不知所以。一转身的刹那，父亲说："女孩子的心，是风是云呀！"接着又悲叹："可怜！还是没开的花骨朵啊！呜呜……"我看着父亲耸动的肩膀，没言语。我觉得死即死矣，眼泪冲刷得他哪像个男人？在这里，我也隐约看清了那人战胜蔑儿乞部的原因。

秋季围猎，草原金黄一片，风中有草籽的清香，也夹杂着野兽惊慌无措的啼鸣。三天三夜，部众们饥食风干肉，渴饮马奶酒，人不解甲，马不离鞍，终于把大小野兽合围在一处断崖内……有野狼、黄羊、野兔，乱乱地挤在一处。草原部众们驾鹰牵狗，人欢马叫。

我和父亲骑马站在高坡上，也激动不已，都暂时忘记了我们逃亡的身份。

场内，百骑中闪出一人，那人身材魁梧，马快如风，奔驰间连珠箭响，野兽应声倒地……部众们的呐喊声和叫好声，直冲云霄。

其实我没看到，我的父亲却几欲坠马，身体已哆嗦成一团。我却从心底里，不禁喊出个"好"来。嘈杂声里，那人竟听到了。那人回眸看了我一眼，就是那一眼，在我的心底里生了根。我与我父亲一样，也几欲坠下马来。

那人的马直竖起来，把那人立得无比高大，又引得部众一片惊呼。

我父亲也许重新又看到那人消灭蔑儿乞部雄姿，但现在我和父亲是克烈部的客人，那人也是克烈部的朋友，我们还有短暂的和平，所以也才有了那一个刻骨铭心的回眸。

后来，那人的铁骑把草原搅得天翻地覆，也仿佛成了我们的影子。先消灭克烈部，我们就跑到乃蛮部；那人又攻破乃蛮部，我们只好再跑……我们跑到哪里，他的铁骑就追到哪里。

父亲说，不能投靠他呀！他父亲也速该抢走诃额伦与我们结仇。后来，我们去抢勃儿帖，让他蒙羞。他抓到我，会要了我的老命。除非……父亲说到这，就会停住，就会拿眼睛观察我。

我知道父亲要说的那句话，那就是把我当礼物一样献给那个人，借以保全自己的性命！那不是爱情！我觉得那简直是对我的侮辱，那样还不如痛快地去死。

秋雁行行，叫声扯人心碎。枯黄的野草迎风摇曳，又是一个秋天啦！父亲满面沧桑，白头发也如枯草一样杂乱拂动。我们并缰而行，逃亡西辽。说实话，我们已两天没有吃东西啦！几个随从，都被那人的战将纳牙阿箭射而亡。父亲突然跳下马，把耳朵贴在地上，他是怕后面的追兵冲上来。几年来，这已然成了他的习惯。就是睡觉，他的耳朵也不敢离开地面半寸。我不得不跳下马，看着胆战心惊的父亲。后来，父亲还是把那句话说出来了，父亲说，你嫁给他吧！我看见父亲瘦骨嶙峋，衣衫褴褛，几近一个讨饭的乞丐。我的心一酸，要知道，我们曾经是蔑儿乞部的贵族。

于是，我点点头。

我也想探求一下，那回眸一顾的后面，是否存有温柔？

于是，父亲领我来见追赶我们的纳牙阿。纳牙阿说好啊！这事越快越好啊！父亲连连点头，表示赞赏。我却打量着这个满面胡须，勇猛似野狼般的壮汉，说，不行，我要休息，我累啦！当然，我想考验一下那个人，那双眼，更主要的是，我们这副狼狈样，怎不会被他看轻？

3 天后，父亲和我才出现在那人面前。

那人知道我在纳牙阿的营房里休息 3 天时，竟勃然大怒，命人擒住纳牙阿，严加审问。我的父亲哆嗦着跪倒在地，语不成声地说，饶！饶命！早有如狼似虎的勇士拖走了父亲。

那人一步步走向我，我的心跳到了嗓子眼。

那人感叹地说，我找得好苦！

我疑惑地问，找我，为啥？

那人说，是围猎时的回眸一顾！你就走进了我的心里。

我的心剧烈地抖动一下，我说，放了纳牙阿和我父亲吧！

那人愤怒地说，可你背叛了我！

那时的蒙古高原，战败一方的妇女随时都会成为胜利一方的奴隶、奴仆。

　　那人的眼睛紧盯着我，一半是海水，另一半就是火焰……我再也撑不住身子，软摊下来，袖中匕首铿然落地。

　　几年来，我须臾不离这把利刃，只是为了守护我的冰清玉洁，守护那回眸一顾的万般柔情！

　　我无力地说，这把匕首，我是想留到新婚夜的！

　　那人愣一下，明白过来，就兴奋地拥抱我，令我几欲窒息。

　　我叫忽阑。

　　那人叫铁木真，草原部众都称他成吉思汗。

安 答

扎木合步入穹庐，掩住草场内的人欢马叫。扎木合觉得又有一种恐惧扼住他，让他呼不出气来。他颤抖着手抄起羊皮酒袋，"咕咚咕咚"猛灌，喘口气，还喝。侍从个个胆战心惊，头都不敢抬一下。

草场内的蒙古兵马刀齐舞，卷起片片阳光，若大海起潮。

铁木真手持苏鲁锭，端坐于红沙马上，目光严峻。侍女接连来报，"大妃生产，要首领陪护身侧。"铁木真山岩般的头颅纹丝未动，只冷冷地一挥手，要侍女退下，铁木真眼睛只盯着场内的兵马和手中的苏鲁锭。

安答扎木合也没言语，可心里却浮现出俨若天人的勃儿帖。叹一声，唉！我若有此夫人，夫复何求！

扎木合又接连猛灌几口酒，心里略微平静下来。扎木合觉得今天再次败给铁木真，不是战场上的那种败，是冒出那种想法之后，再一定神才觉得失败的那种败。恐惧复如影随形，挥之不去。

斡难河畔是扎木合与铁木真结拜安答的第一个地方，两人当时还是十几岁的小孩子，有人问，你们为何结拜？扎木合和铁木真望望天空的雄鹰和洁白的冰面，几乎同时回答，"我看见了自己的影子！"

几年的部落争战，扎木合和铁木真都成了各自部落的首领——草原的雄鹰。

也不知从那天起，扎木合心底老是有种莫名的恐惧。扎木合提出要和铁木真安答合营，铁木真欣然同意。

其实扎木合怕铁木真在自己的视力范围外发展壮大，可在扎木合眼皮底下的铁木真，还是让扎木合坐卧不安。

扎木合狠狠地甩开酒袋子，眼睛里射出雄狼一般的目光，钢牙错动。

后来战争还是爆发了，铁木真的族人竟然射杀了扎木合的弟弟。扎木合带领军队把铁木真逼进峡谷。

谋士急急进言，"应挥师急进，消灭铁木真！"

扎木合大怒，揪住谋士的耳朵嚷："吃肉不吐骨头的白眼狼，他是我的安答！安——答——"谋士再不敢言。

扎木合总觉得有股气没发出去，就命人架起70口大锅，把擒获的降卒都煮了。扎木合心里那种恐惧像是消失了，搂着侍妾美美地睡下。夜里他还做了个梦，梦见自己坐在汗位上，旁边侍候他的竟是铁木真，侍妾几次见他都笑出了声。

谁知第二日有人报告，部落里不少人跑去投了铁木真。

扎木合仰天长叹，心底那种恐惧又铺天盖天席卷而来。

有部落围攻铁木真，扎木合听说，铁木真和19名部下喝下浑水，盟誓祸福与共，永不相弃。

扎木合坐卧不宁，茶饭不思，一次次联系其他部落挑起战争。王罕带兵围攻铁木真，对扎木合说："你来指挥我的军队，与铁木真决战！"扎木合打量王罕，瞅得王罕心里发毛。扎木合心里还是被恐惧包裹着，他悄悄派人把军队部署告诉了铁木真，说："我怎么在他们身上看不到自己的影子呢！"吓得连夜逃往别处。铁木真彻底击溃了王罕的军队。铁木真说："我们这次胜利，得益于我的安答扎木合。"

后来，扎木合失去所有部众，已经形销骨立，这天他只领着5个亲随在山坡上失魂落魄地吃生肉。亲随突然下手把他捆住来见铁木真。铁木真命人先砍了五个随从，铁木真大骂："狗奴才大胆，竟敢背主绑我的安答！"扎木合却惨然一笑说："唉！是我出主意给他们一条活路啊！"

扎木合只求速死。

扎木合躺在地上，眼前是蓝天白云，耳边是牛羊的哞叫，几十年前斡难河畔的笑声仿佛也响在耳畔，他觉得那种恐惧没了，心底涌起无边的澄净……

扎木合死后被葬于高山之巅，扎木合说："他要生生世世护佑草原！护佑他的安答和他的子孙！"

射向大汗的箭

其实在此之前，我从未向一个活生生的人发过箭。

没想到，我第一次向人发箭欲取其性命的这个人，竟是大汗，竟是铁木真。

我是部落里的神箭手。

我很长时间不参加那达慕大会了，那里的摔跤、赛马和射箭比赛，我都不参加，我若参加，别人只能得亚军。我喜欢草原，喜欢天上的白云和地上如白云一样的羊群，还有身上有花香嗓子似百灵的牧羊姑娘塔娜。

我喜欢骑上快马，抄着羊皮袋喝酒，随意哼唱长调，或是一阵风似地刮到塔娜身边，拦腰将她抱上马背，在草海铺就的路上，洒一路歌声笑声，塔娜袍子里的香甜气息，让我沉醉。

谁知，这样的美丽日子说没就没了。

冬季雪盖草原，部落遭狼患，虽然夜间巡夜不断，可每夜仍有牲畜丢失。首领派我和众骑手猎狼，终于在一个早晨，我们围住那只白毛披拂的白狼王。众骑手纷纷发箭，那狼王左躲右闪，用爪子拨、挑、打，羽箭纷纷坠地，竟无一射中目标。原来这狼王成精会躲箭。众骑手停住手，都求救似地望着我，我一拨马头冲上前，那狼王见到我，眼睛里蓦然闪过一丝绝望，接下来发生了更奇怪的事情，狼王前腿一屈，双目竟流出眼泪，我心一震，放下箭，大喝："走远点，别来祸害我们的牲畜啦!"众人闪开一条路，那狼也像听懂似的，点点头，夹着尾巴逃跑了。

我和众人回到部落，眼前的一幕却让人难以相信——毡房冒火，尸体狼藉，营盘里弥漫着腥甜的血腥气。我发疯似地闯进穹庐寻找塔娜，却没有踪影，受伤的首领告诉我们是塔塔儿部袭击了我们，抢走了塔娜。

半夜里，我们去寻仇，路过毫无防备的蒙古部，首领下令袭击了他们。

　　我不解，我们要找的是塔塔儿部啊！首领说，现在的草原，手里有刀得势就砍就杀吧！

　　我们抢了蒙古部的牲畜和女人，返回营地，昼夜狂欢。

　　我仍旧灌酒，营盘上空若有若无飘荡着一首歌谣：

　　星空团团旋转着，众部落都反了，你争我夺，不得安卧。天边的草地都翻转了，众部落都反了，你攻我打，不得下榻。

　　蒙古部是在凌晨进攻的，我们的勒勒车一辆接着一辆，蒙古部众攻不进营盘，只是与我们对射，就在那个时候，我看见了那个人，他骑一匹黄口白马，手持苏鲁锭，身材魁伟，极其雄壮。首领命令我，射杀他。我张弓如满月，箭如流星，我听见战场上，不同嘴里发出的"嘘"声，所有的手都停下来，耳边只是那支箭的呼啸声，我知道他无论如何也不会躲过这一箭的，那样的话，战斗立见分晓。也就在电光火石间，那匹神骏的黄口白马，竟一竖身躯挡住那支箭。那个人坠地，竟没倒。我蓦然领悟，他是英雄。"快射！"首领再次在我耳边怒吼，我一箭射过去，擦过了大汗的颈动脉，他仍没倒下，其实我已不想杀死他了。他一挥苏鲁锭，成百上千的蒙古兵潮水般攻进我们的营盘。

　　我是最后被擒的。

　　押进大帐里，帐上的那个人问："是你射我的吗？"

　　首领吓得脸都白了，我心里知道，那一箭我没要他的命，现在他肯定会要我的命。但我还是说："是我！我想射死你，就阻止了这场战斗！"

　　大帐里一片沉静，仿佛一根针落地的声音都能听到。

　　那人说："你知道吗？我也是用战斗阻止草原的争斗啊！"

　　我心灵为之一震。

　　那人后来还说，他叫铁木真，我敢于在掉脑袋的时刻承认自己的行为，是个可交的人，他要我跟随他。

　　我同意了，就在他的话语里，我知道，我们都是爱好和平的人。我也知道，我又有希望寻找塔娜了。

　　铁木真坚定地看着我，我们的目光交错在一起，男人的目光也缠绵。

　　在随后的战斗中，我们平定了塔塔儿部，我找遍了所有营帐，问遍了所有的人，可是竟没塔娜半点消息。

　　许多年过去了，我从未放弃寻找塔娜的脚步，可塔娜却像是一阵风，是

几滴水,没了影踪。可她仍像一座神供在我心灵的庙中。

我成了铁木真帐下的先锋官,蒙古部众赞誉我,有铜的额颅、凿子似的嘴、铁的心、锥子似的舌。

其实我的名字叫"者别",是铁木真大汗赐给我的,就是"箭"的意思。这支箭射向他,又被他改变了方向,他要我像箭一样守护着草原。

等待的弯刀

你是一把弯刀。

你是一把若秋水般、等待北归的蒙古弯刀。

你被悬挂在金国金碧辉煌的大殿里。时时有人擦拭刀鞘、刀柄、刀身，令你一尘不染，充溢华贵。可你以一把刀的思维，却不知金国君臣葫芦里卖得什么药？几年来，每每金国君臣饮宴歌舞前，他们总是聚拢过来，一个个肥胖的身子走过去，丰润的脸颊上嵌着笑，即使在你的脚下，他们也是侧着脸，目光一水是从眼角放过来的。如果一把刀有生命，你觉得那是多么的冷入肌骨，多么的生不如死。

你是一把秋水般的弯刀。

你是一把等待北归的蒙古弯刀。

你曾经淬火浸水，千锤百炼，以一把弯刀的荣誉挂在蒙古勇士的腰间。在辽阔的草原上，一次次地，在龙吟般的出鞘声里，在风一般的马背上，冲向人丛……勇士的铁腕只是斜提着你，像收割稻谷似的，划过去，便有彩虹般的鲜血在你的上方扬起……那一刻，你觉得你会飞。每每战罢，乞颜部的部众就围着你的主人，大声地喊，俺巴孩汗，俺巴孩汗。那声音让一把刀热血沸腾、豪气干云。

多少次，在夜深人静的大殿里，一把秋水般的蒙古弯刀，在寂寞地回味着那个远逝的梦。

一个午夜，城外的呐喊声、刺杀声再次响起，大殿里难闻丝竹之声，到处跌撞着慌乱的人影……几个月来，金国大殿里的君臣没有饮宴歌舞，却是阵阵嘈杂的争论和长吁短叹。他们不在围观你，你仿佛被人遗忘了，如果一把刀有眼睛，你想你是整日整夜地大睁着。在不可遏止的喊杀声里……你猜测，你北归的日子也许就这样轰然来临了。

金国的君臣们最后都把目光盯向你，这次，你看他们的眼光里五味杂陈。给你最深的印象是一群溺水的人抓住了一根稻草。求和，你被金国的讲和大君捧在手里，走向城外的蒙古军营，走向草原……如果一把刀有生命，你肯定是激动难抑的。

金国使臣的脚是哆嗦的，你的身躯竟能感觉出来。在蒙古包大帐里，金国使臣对成吉思汗说，讲和，给贵国军马、童男童女，再送公主给大汗侍奉枕席。为表达诚意，还带来了俺巴孩汗的遗物。金国使臣说着话就庄重地把你捧于胸前。如果一把刀有生命，那时你会哭，是一种看到亲人的喜悦。大帐里忽拉拉跪倒一片人，大汗铁木真面色凝重，目光如炬，俺巴孩汗以真诚之心结盟塔塔尔人，却被塔塔尔人以虎狼之心捆送金国，被活活钉死在木驴之上……哼，讲和？你把弯刀拿回去，好好地给我放着，等我的铁骑攻进城时，我会自己去拿。怎么会这样？怎么会这样？眼看回乡梦想实现的之时，你的梦又再次离你远去，一把刀不懂政治，一把刀只懂回乡。

你还是被使者拿回城里，再次挂在金国金碧辉煌的大殿里。这回你的心仿佛跌进了失落的深渊——因为你听不到城外的呐喊声和刺杀声了。你在寂静的大殿里胡思乱想，也许大汗他们带走的只是公主、骏马和童男童女，只留下了你。

金国君臣的饮酒歌舞生活再次开始，不过，每一次，他们不再来参观你了。你只是落寞地悬挂在那里，仿佛是空气，而不是一把骄傲的蒙古弯刀。

日升日落。

你守着那个承诺，回味那些曾经的草原之梦。

你是一把秋水般的弯刀。

你是一把等待北归的蒙古弯刀。

再一次的呐喊声、刺杀声响起来时，你激动地战栗起来了。金国的大殿里，这次是左晃右晃逃跑的黑影。黎明时分，蒙古将士排着整齐的队伍走进大殿。他们恭敬地把你捧起，像对待一件圣物……你被运回了草原，你重新嗅到了草香、乳香。可是，可是你却被蒙古部供奉起来，日日被人顶礼膜拜。

你的耳边响着主人俺巴孩汗的话，他在被钉在木驴上时，愤怒地说：你的子孙会来报仇的，即使磨掉五根指甲，磨断十根指头，也会来报仇的。

你是一把弯刀。

你是一把如秋水般的蒙古弯刀。

抢 亲

草原的夜真静啊！虫鸣和雾霭都隐退下去，只有清冷的星月照耀大地。几天的厮杀让将士们都疲累地进入梦乡，而我却没有一丝睡意，相反，一个巨大的声音震耳欲聋——孩子到底是谁的呢？

大帐里还能听到勃儿帖的呻吟声，以及母亲与老仆豁阿黑臣来回的走动声。

我仰望星空，心里没有一点点胜利的喜悦，却觉得有把尖刀刺进了我的心房……一年前，草原蔑儿乞部抢走了我的新婚妻子勃儿帖，我心急如焚，勃儿帖是草原闻名的美人，她这不是羊入狼口吗？我带领我部下的一百多人，冲进了蔑儿乞部的营盘，却被如潮水般的部众挡了回来，我知道，我的力量还远远救不出勃儿帖。我向我三次结拜的安达扎木合借兵，向我父亲的挚友王罕借兵……以四万之众，终于救出了勃儿帖和老仆豁阿黑臣。可我在乱军之中找到勃儿帖时，我险些栽倒在地，才一年光景，勃儿帖的腰身却陡然增粗了一圈，我几乎不敢认她啦！勃儿帖和老仆豁阿黑臣却早已哭倒在地……我隐忍着，回军途中，我的安达扎木合说，这孩子莫不是蔑儿乞人的血统啊！我的心里一紧，我说，那样我会杀死他。

我想得头都要裂开啦！还是不能确定。我叫出豁阿黑臣，我问，你知道我找你做什么吗？豁阿黑臣从我的语气里听出了味道。她生气地说，不要怪我和勃儿帖，打仗是你们男人的事啊！你没保护好勃儿帖是你的错，还能有什么？我厌烦地挥手，我问你，这孩子到底是谁的？豁阿黑臣却说，嚷嚷啥？是不是你的，你都不确定？真是个糊涂的父亲。她竟然转身走进包里。我一下愣在那里。

我还是一头雾水，这孩子究竟是谁的呢？

母亲这时却走出来。母亲看看我，说，我知道你想问什么？可我先告诉

你，我就是你父亲从蔑儿乞人手里抢来的新娘，你还是我的第一个孩子。

我被震惊地险些倒地，我自认为黄金家庭高贵的血统，这难道也有问题？我问，那我是？

母亲说，你父亲也速该巴特儿从来没问过，我从来也没想过。可你却是也速该首领的长子，是他事业的继承人呀！

母亲说完转身走进包里。

我呆愣地站在包外，思绪却似潮水般起伏不平……草原自古就有抢亲习俗，女人和牛羊一样，从来就是胜者据之，弱者失之。可这血统？我再度茫然起来……也许，也许就像血战后的战场，那血早就河样地交汇在一起，染了大地，肥沃了生生不息、蓬蓬勃勃的草……

生了，是个儿子。

我走进大帐，看到泪流满面、疲惫不堪的勃儿帖，心里一软，轻声说，你受苦了。

勃儿帖说，为给你生个勇士，让我死也愿意。

我急掩住她的嘴，别说死，我们还有许多好日子没过哩！

勃儿帖说，你给孩子起个名吧！

叫术赤！我随口答道。

我看见，一丝不安从勃儿帖的眼底划过。"术赤"是客人的意思呀！

我忙握住她的手，是长生天送给我们的小客人，汉人说是"天使"。我们更要好好对待他，恩养他。

勃儿帖美丽端庄的脸庞上，浮出了笑意。

后来，术赤成了草原著名的勇士。在西征后，我把花拉子模最好的城市玉龙杰赤给了他，让他做国王。

当然，我统一的草原，再也没有了抢亲事情的发生。草原部众都尊我为"成吉思汗"。

大海一样伟大的汗。

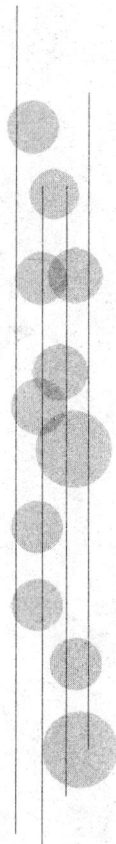

摔 跤

铁木真看到斡难河畔人喊马嘶，脸上露出微微笑意。消灭主儿乞部的战斗终于结束了，套住了这匹害群之马，就等于拔掉了自己身体内生长的一根毒刺。铁木真处死了他们的首领，只留下大力士不里勃阔照顾首领母亲额里真妃的起居，铁木真说，是因为你们的背叛，所以才处死你们的。蒙古部众们的兴奋之情溢满草原。毡子样的草场里，蒙古壮士排成排，古铜色面孔、古铜色肌肤，个个赤裸上身，块块肌肉饱绽力量。他们共同对付铁木真的弟弟别勒古台。"呼瑞呼瑞"，铁木真微笑着看着这一切，他的弟弟别勒古台说过，他不败于任何有生命的东西！

场内，别勒古台出场了。他身材匀称，剑眉虎目，也是赤裸上身，脖颈上的章嘎，左摇右晃，像狮子的颈毛。两旁的部众唱起挑战歌：

种公牛的犄角

种公驼的牙齿

雄鹏展的翅

老鹰的攫取

大老虎的力气

英雄的气概

土地软又软

大力士们

赛出你的本事

摔跤手们

摔出你的绝技！

只见别勒古台从第一个蒙古壮士摔起，九九八十一人，顷刻人仰马翻……四周部众，叫好声山呼海啸。

　　铁木真的笑脸别过远方，脸上却瞬间挂上一层霜——只见不远处的不里勃阔一脚踢翻一个奴隶，抢过一块羊腿大吃大嚼。昨晚的一幕又浮现在他的脑海里：扎木合又纠结一些部落要进攻他，岳父德薛禅随在弘吉惕部内，悄悄派人送来攻防地图。额里真妃却领着不里勃阔闯进来，你不说只要背叛你就犯死罪吗？你的岳父德薛禅是不是背叛了你，让不里勃阔杀死你的妻子勃儿帖吧！不里勃阔竟冲上前来，铁木真不得不拿出地图，说，德薛禅并没有背叛我们，这是他冒死派人送来的地图。额里真妃只好讪讪而去。可自那一刻起，铁木真就知道，不除掉不里勃阔这条蛮牛，额里真妃婶母是不会安静的。

　　铁木真站起身，举举手，场里瞬间静下来。铁木真喊过别勒古台，敬给他一碗酒，悄声说，你跟不里勃阔摔一跤吧！别勒古台面色一寒，悄声说，汗兄，我摔不过他。我们曾相约在一处背坡较量，他一只手一只脚就摔倒了我。铁木真说，你敢摔吗？敢摔你就能赢。

　　别勒古台仰头喝下酒，一甩手把酒碗摔在草地上，大喊，不里勃阔，你敢和我比试吗？

　　不里勃阔摔了羊腿，一步步走过来，别勒古台觉得竟有一股寒气袭过来……这时，铁木真说话了，你们要好好比，赛不出水平，我不会高兴的。

　　不里勃阔一愣，停下脚步。眼睛望望铁木真威严的目光，软软地垂下来。两边部众又唱起挑战歌：

>　　种公牛的犄角
>　　种公驼的牙齿
>　　雄鹏展的翅
>　　老鹰的攫取
>　　大老虎的力气
>　　英雄的气概
>　　土地软又软
>　　大力士们
>　　赛出你的本事
>　　摔跤手们
>　　摔出你的绝技！

　　两人像两块石头扭绊在一起，别勒古台抓住不里勃阔的腰带，右脚使绊

子，不里勃阔纹丝不动，一抬腿险致别勒古台倒地……四周一片惊呼，人群里的铁木真却尖叫道：好啊！好！

不里勃阔停止动作，两人又搅在一处。

后来，别勒古台终于把不里勃阔压在身下，膝盖紧紧顶住不里勃阔的腰椎，眼光扫过铁木真，铁木真轻轻地咬了一下嘴唇，只听场内"咔嚓"一声，不里勃阔腰椎折断，软瘫在地。

第二日，不里勃阔绝气而亡，额里真妃埋怨他，你怎么就输了呢？不里勃阔已说不出来话了。

铁木真率领部众成功地完成了战略转移，倒是别勒古台，人前人后，再没说过，我能胜过任何有生命的东西。

巴图王爷

草原牧民说，巴图王爷的宝马能追上白毛风。巴图王爷听后说，那就叫它千里追风驹吧！草原牧民还说，巴图王爷的宝雕弓能射尽天上的大雁，只不过王爷心肠软罢了。巴图王爷抚摸着宝雕弓，久久不语，颊上分明挂一丝自矜的笑。

一骑挟尘而至，驿卒飞报。

皇帝有旨，要巴图王爷3日内进宫见驾。

部将们勃然变色，草原距天庭3000余里，骑快马也要6天之程。3天，焉能到得天庭？

巴图王爷威严地挥挥手，王爷知道，朝廷终究还是有人打他宝马良弓的主意了。

巴图王爷文韬武略，上马管军，下马管民，加之近年草原风调雨顺，百废俱兴。王爷率部众骑马弯弓，演练武艺，声势浩大。

适有谋士进言，欲进兵中原，劫地掠物。巴图王爷严词拒绝："吾等演练兵马，不过强身健体，保求平安罢了，焉能让天下生灵涂炭！"部众再不敢言。

巴图王爷手捧圣旨，面色凝重。若不去，就有抗旨不遵之罪，是要株连九族，刀兵相见的。若去，必凶多吉少，但凭千里追风驹的脚程，总算尚有一线生机。"备马！"巴图王爷大喝一声，披挂齐整，背上宝雕弓，跨上千里追风驹，像一道黑色的闪电射向草原的边缘。

3日后早朝，巴图王爷浑身水洗似的，准时现身朝堂。皇帝走下龙椅，扶住巴图王爷说："卿来朝歌，朕心甚慰！分别日久，思卿心切也。哈哈哈哈。"

皇帝让内侍抬来十坛好酒，引来10名美女赐赏王爷。

巴图王爷三天三夜，人不离马，马不离鞍，早已筋疲力尽，但仍跪倒在地，山呼谢恩。久久也不起身。

午门外，千里追风驹已力竭倒地，吐血而亡。

早朝议罢，皇帝和众大臣领巴图王爷来到演兵场。

秋高气爽，雁阵行行。

皇帝指指天空的雁阵对巴图王爷说："卿善射，何不与侍卫满达赛射以助兴？"

巴图王爷点头称"喳！"，心内踌躇，若胜了，正好灭灭皇帝的威风；若败，那我蒙古人岂不威风扫地？

众臣都以为是比赛助兴而已，谁知皇帝又说："比赛赌什么？"满达斜着眼睛，躬身向前说："陛下，小人愿以项上人头和王爷一决高下！"皇帝春风满面，眼望巴图。

巴图王爷拱拱手："悉听尊便！"

巴图王爷和满达签了生死状。

空气一下凝住了，偌大个演兵场只听见人的呼吸声和大雁"扑棱扑棱"的翅膀声。

巴图王爷取过宝雕弓，掂弓搭箭，"嗖——"一声，箭挟风声，直飞雁阵。

谁知，满达也"嗖——"一声发出一箭，竟后来居上，射掉王爷的箭，仍不坠，余劲射落一只大雁。

众齐呼好，兵丁来报，巴图王爷射空。满达胜。

皇帝大喜。

第二阵满达射。满达斜眼看看王爷，"嗖——"一声发出一箭。巴图王爷也拉开宝雕弓，一箭飞去，也射落满达的箭，余劲射落一只大雁。

众皆呼好，兵丁来报，满达射空。王爷胜。

满达脸色涨红，脖子绽出条条青筋，斜着牛眼怒视王爷。

皇帝口谕，不可同时发箭，一人射完另一人再射！

空气再一次凝住了。

满达仰望雁阵，一行大雁正飞过头顶，满达噘唇尖啸，一股真气直冲雁阵，群雁受惊炸群，四散飞逃。满达嘘个空，射出一箭，两只大雁应声而落。

场内喝彩声震耳欲聋。

皇帝也从龙椅中站起身，举起双手拍巴掌。

场内复归平静，巴图王爷静静地望着天空的雁阵，虎目聚一缕冷冷的光芒。

雁阵飞过头顶，巴图王爷没出箭，也没尖啸。雁阵飞过去，眼看就要消失在目光尽头时。王爷搭上箭，拉圆宝雕弓，电光火石一般，一箭飞出。众人目光里，只见雁阵"人"字形里那一撇突然就消失了，一只只大雁像断线的风筝，歪歪斜斜栽下来……原来王爷只浅浅地射伤了大雁的左翅膀，雁们的命还在，却不能飞了。王爷闭着眼睛，心里轻轻地喊一声："罪孽啊！"

众人皆惊，兵丁来报，满达射落两只。王爷射落九只，王爷胜。

满达胜一局，王爷胜两局，王爷胜。

皇帝冲兵丁挥挥手，兵丁拖着软瘫的满达，"刷"地抽出钢刀，欲行刑。

巴图王爷"扑通"跪倒尘埃，王爷说："陛下，臣愿用宝雕弓换满达一命。"

皇帝脸上有了笑容，皇帝说："准奏！"

第三天，巴图王爷在返回草原的路上，遣散宫女，信马缓行。

忽见满达飞骑赶来，满达心怀失败之辱，满面怒容，也不言语，就在奔驰的马上一箭向王爷的心窝射去，箭尖啸着像一条吐信的毒蛇……王爷面不改色，仰卧鞍桥，一张嘴接住来箭，甩手猛掷满达，满达的盔缨应声落地。满达惊愕万分，滚鞍下马，叩谢王爷不杀之恩。

巴图王爷含笑而去。

巴图王爷回到草原，建起一座庙宇，起名"苍生"，晨晚叩拜。里面供奉的是一匹马，是千里追风驹。

少 福 晋

　　一进腊月天，草原的寒气像拧着扣，一天一天，步步紧逼。

　　屋内炉膛里的杏木疙瘩熊熊燃烧，外屋仍寒气袭人，参丹和乌根花冷得直搓手。

　　"参汤！"屋里少福晋一声娇唤。

　　"来了。"参丹嘴应着，撒腿奔向厨房。汤早好了，在灶上煨着。

　　参丹十八、九岁，青秀俊俏，像株弱柳。参丹穿一件夹袄，少福晋不许穿棉衣，说穿夹袄苗条，做姑娘总要有姑娘的样。

　　滚烫的参汤溅一滴，落在炕桌上。参丹惊吓得大睁双眼，顿住了，像一只可怜的小孔雀。

　　少福晋停住纤纤玉手，杏眼打量参丹。

　　参丹脸色煞白，嘴唇青紫，还在簌簌地抖。

　　少福晋说："你冷啊！应该暖和暖和呀！"一抬手，整碗参汤泼在参丹的脸上、胳膊上。

　　参丹尖叫一声，手上的皮肤泛红起泡，鲜血淋漓的。

　　少福晋是科尔沁草原的美人，嫁给贝子爷后，3 天没吃饭，后来吃饭就喝酒，顿顿喝。

　　少福晋"吱"一声喝尽杯中酒，说："还要烤烤火啊！"

　　乌根花往火炉里添杏木疙瘩。炉火熊熊燃烧。福晋让参丹坐在火炉边。参丹先还簌簌地抖，后竟昏倒在地。

　　乌根花惊叫着扑上去，福晋阻止说："她累了，让她休息不行吗？"乌根花吓得停住手。

　　少福晋又拿眼睛瞟瞟乌根花，乌根花又往炉膛里加了一块杏木疙瘩。

　　少福晋柳眉一竖："让你收拾桌子！真是没眼色。"

　　乌根花收拾完桌子，福晋抱着小猫走近乌根花。福晋把小猫贴肉放入乌根花的衣襟里，猛地打一下，乌根花也疼得像猫似地叫一声，再打再叫。

　　少福晋笑得花枝乱颤。

　　夜已深了，参丹和乌根花疼得睡不着，自打少福晋嫁过来，她们就常常这样过日子，还不知过到那天才算是个头。

　　草原人都说少福晋是个狐狸精，说迎娶她时，正逢猎手围猎，一只火红的小狐狸钻进福晋的婚轿里，再没出来，说是狐狸吃了福晋并化作她的模样了。

　　参丹和乌根花本来是说着解气的，谁知两个人竟由此生出一条妙计，要了少福晋的命。

　　腊月二十八，去科尔沁草原做客的贝子爷回府了，要少福晋陪他喝酒。两个人都是海量，从中午喝到晚上。先是喝红酒，后来喝白酒，又让上酒时，乌板花就把一壶雄黄酒端上去。草原传说狐狸怕雄黄酒。眼见一壶见底了，就见少福晋的裙底伸出一条毛茸茸的大尾巴。参丹悄悄指给贝子爷，贝子爷惊叫："狐狸，快打狐狸。"一伸腿就闭过气了。

　　参丹和乌根花抢起棍子，"噼噼啪啪"一阵就打死了少福晋。

　　贝子爷醒来时，却发现狐狸尾巴不见了，检验少福晋的尸体，却见福晋怀内有一封信。

　　贝子爷看罢信，捻捻花白胡子，心里说："真是个狐狸精啊！"

　　贝子爷叫人架起疙瘩火，把少福晋的尸体放在火焰上，要少福晋现出原形来。火苗一蹿一蹿的，贝子爷指着火苗说："快看快看，那不是狐狸吗！"众人齐看，那火焰里真就有一只火红的狐狸在舞蹈。贝子爷又说："现形了，现形了。"

　　于是，草原人都说福晋是狐狸精，被打死了。

　　其实，哪有什么狐狸精，那条狐狸尾巴是参丹和乌根花偷放的。

摔跤王

秋季打完草，牛羊都从外场回来了，个个膘肥体壮的，巴林部是要举办那达慕的。摔跤、赛马、射箭，是谓好汉三艺，百八十里的部众赶着勒勒车争先恐后来参加。赛马、射箭的比赛者大多是孩子和女人，是垫场戏。真正的比赛在跤场，是摔跤。那时候，巴林草原搏克手间有条不成文的规定——奴隶搏克手决不能摔倒王爷的搏克手。跤场上遇见王爷的搏克手，要让跤或弃权。打狗还要看主人，这样才算给足王爷的面子。几十年，早已相沿成习。年年都是王爷的搏克手拔得头筹，领回九九八十一件大奖。草原好汉只是忍气吞声，打断牙往肚子里咽。

这一年，奴隶哈斯却摔倒巴林王的搏克手，为草原好汉出了一口气，也引起了轩然大波。

哈斯是牧羊娃，却是天生的搏克手。他双手能掰断牤牛角，一个绊子能撂倒生个子马。18岁那年秋季那达慕，哈斯与巴林王的头等搏克手狭路相逢。裁判给哈斯吹胡子使眼色，让哈斯让跤。哈斯却翻翻眼睛，理都没理，一抓一绊，头等搏克手就大头朝下跌个狗啃泥。四周围观牧民掌声、喝彩声、如潮水般涌起来，可又都替哈斯捏把汗。

谁知，巴林王微微一笑，也拍掌喊道："好，好，好奴才！"

哈斯见一只蚂蚁爬过王爷的脚旁，王爷一脚踏上去，踮起脚尖，一下一下，碾个不停。

巴林王随手丢给哈斯一副崭新的马笼头，轻描淡写地说："你去科尔沁那达慕，摔倒科尔沁王的搏克手，骑回科尔沁草原的千里追风驹。"众人暗暗心惊，哈斯却双拳一抱："领命！"，接过马笼头，跨马直奔科尔沁。

当哈斯摔倒科尔沁王的首席搏克手后，摔跤场里一片寂然。科尔沁王本欲让头等搏克手摔倒哈斯，让科尔沁部众都知晓一个事实——巴林的搏克手不入流，第一轮就惨遭淘汰。既杀去巴林人的威风，另外也可向在日本留学的阿哥显示一下——科尔沁的搏克手和你的翻译一样硬。可如今形势陡转，王爷眼珠子转了转，心下忖道，用车轮大战，累也要累垮他。

面对九九八十一名科尔沁搏克手，哈斯面无惧色，自晨至暮，哈斯像放谷个子似的，把他们一一摔倒在地，让他们健硕的双肩沾满尘土，甘心认输。

科尔沁王头上竟冒出冷汗，嘴里不停地骂哈斯这个狗奴才。这时，自科尔沁阿哥身后转出一个日本相扑手，只一块布兜裆，就像一只煺毛的猪。"哇哇"怪叫扑进跤场。裁判高喊开始后，日本相扑手和哈斯纠缠在一处，只见哈斯围着相扑手来回转，日本相扑手肥硕的身躯也来回转，几个回合，张口大喘，拉起了风箱。哈斯伸右脚轻轻一绊，相扑手就像一个棉花团似地倒在地上，观者呼好。

哈斯牵上千里马，向科尔沁王辞行。科尔沁王面如死灰，科尔沁阿哥不断地用手指推那下滑的眼镜，口里"八嘎、八嘎"地骂个不停。

哈斯走到巴林地界时，长长地叹出一口气。谁知一抬头，却见科尔沁王带领一队骑兵拦在面前。"哈斯，你就想这样走吗？"科尔沁王重重地咳嗽两声，全场肃然。只见首席搏克手和那八十一名搏克手"嗖嗖"抽出蒙古刀，严阵以待。科尔沁王大声喊："你只要敢走一步，他们中的人就断去一只手。哈哈哈，壮士断腕，是你害的。"哈斯双目喷火，抬脚就走过地界，搏克手们真就猛然挥刀向右腕切去，鲜血淋漓……瞬时，边界上一片号叫。

"你们真是猪狗不如的奴才！"哈斯暴喝一声，向科尔沁王逼去，科尔沁王用火枪戳点着，惊讶万分地喊："你个奴才，还要反。"突然就闭上了嘴，只见哈斯身后，那八十一名搏克手，捂着右腕，也一步步向他逼近……科尔沁王一拨马头，带领队伍撤退了。

后来，科尔沁王听已做了日本翻译官的阿哥说，八路有一支骑兵连，为首的跨一匹千里马，来去如飞，连里士兵大多左手御刀，战无不胜，弄得皇军损兵折将。

科尔沁王心有余悸地喃喃道，莫不是哈斯那奴才！

大 寿

巴林王五十大寿，部众纷纷来贺。

巴林王挪动臃肿的身子，醉眼惺忪忪，八字胡上下跳动，"不办了吧！日本人来了，多一事不如少一事啊！"

这话把草原部众的耳朵都磨出了茧子。

那一天，马蹄声碾碎部落的平静，日本大佐带领骑兵冲进营盘，几只牧羊犬前蹿后跳，狂吠不已，大佐一挥手，枪响了，牧羊犬瞬间毙命……搏克手巴图抽出马刀，欲上前厮杀，却被巴林王喝止，巴林王拉住大佐的马缰绳，点头哈腰，挑起拇指，满脸堆笑说："太君的枪法真准！"

大佐马都没下，仅用马鞭子指着巴林王吩咐："军马五十匹！"

巴林王躬身点头，"好说，好说！"大佐早拨转马头，绝尘而去。

"杀了狗日的！"部众们咬碎钢牙。巴林王早转身步入帐内。

翌日，巴林王就派巴图送去良马五十匹。

后来，日本人隔三差五要牲畜、要粮，巴林王每次都爽快地答应，挂在嘴边的一句话就是："多一事不如少一事啊！国军的部队都惹不起，我巴林部的百十把马刀提也别提。"

大搏克手巴图粗胳膊粗腿，山岳般雄壮，他本是巴林王的亲弟弟，向来对巴林王言听计从，这次却大手一挥，"要办，还要好好地办！"

巴林王环顾部众，看到大家烁烁的目光，也点了点头。

一时，赛马、摔跤、射箭，巴林部一片欢腾。

大搏手巴图还从汉地请来个戏班子，听说唱得最拿手是《霸王别姬》。

部众们喝酒歌舞，昼夜尽欢。

谁知，第三日凌晨，日本骑兵队却冲进营盘，驱散众人，大佐"哇啦哇啦"怪叫："想造反的干活，死啦死啦的有！"巴林王连忙赔着小心凑上前，

"太君，我等是良民，都是为我祝寿！嘿，嘿嘿！"大佐"嘻嘻"地笑，跳下马，端坐在巴林王的座位上，巴林王一挥手，早有侍女金花奉上马奶酒，大佐怪笑，一饮而尽，翻翻环眼，盯视金花，金花战战兢兢退出帐外。大佐向巴林王招招手，亲切地拍拍巴林王的肩头，说："朋友，我喜欢花姑娘的干活！哈哈哈哈……"巴林王也赔笑，却是苦笑。

大佐笑声戛然而止，板起脸孔，鹰隼般的目光直刺巴林王，巴林王不知所措。

大搏克手巴图起身，朗然说道："我巴林部也想与皇军结亲！可要选个好日子把金花送过去！"大佐瞪瞪眼珠，摇摇头却说："你的，军营里养马的干活！"

巴林王暗暗制止巴图，谁知巴图却一揖于地，欣然愿往。

于是，那天，大佐就带走了金花和巴图。

巴林王的心悬起来。果然，夜里日本军营上空爆炸声不断，火光冲天……巴林王如热锅里的蚂蚁，派人打听，却无消息。

翌日，部众来报，巴图炸毁了日本人的军火库，金花不甘受辱，自尽身亡。

巴林王大惊，摇着报信的部众："巴图咋样？咋样？"

部众神色黯然，泪流满面，低声说："巴图被日本人的狼狗撕碎了，我们已把他葬在赛罕坝上。"

"覆巢之下，岂有完卵！"巴林王悲呼一声，仰面倒地。

秋草黄，雁南飞。

巴林王再传消息，要过大寿。

部众皆不解，巴林王刚过完大寿，怎么还过？

部众齐聚，巴林王带领部众登上赛罕坝祭奠巴图，只见巴图仅剩一副骨架，旁边竟有几只野狼崽嬉戏玩耍——原来草原狼已在他的胸骨里搭上窝。

巴林王郑重跪地，朗然说道："巴图，你是草原上的巴特儿，草原狼助你升天啦！"

部众也纷纷跪倒在地，眸中汪泪，群情悲愤，秋风吹得草叶簌簌作响。

巴林王再叩首，铿然抽出马刀，有板有眼地唱道："力拔山兮气盖世，时不利兮骓不逝……"

部众也纷纷抽出马刀，巴林王大喝一声："上马！"

一股铁流利箭般射向山下的军营。

草原琴王

爷爷贵为草原琴王，但却不让塔娜习琴。

一年一度的草原那达慕，在摔跤、射箭、赛马前，巴林部众是要听老琴王拉琴的。几十年，早已相沿成习。若听不到琴声，部众们会摔鞭子折套马杆的，即使花费再多，也终究不成功的。

老琴王拉琴相当讲究。先须换上蒙古袍蒙古靴，清水净面净手，再祭琴。献哈达，献酒。祭天、祭地、祭祖宗，后把酒洒在琴前。这时，早有人摆好琴凳，琴王正襟危坐，全场噤声。老琴王一运弓，一抹弦，眼睛或睁或闭，鬓发飞扬。一曲终了，琴王汗如雨下，听者如醉如痴，无不动容……王爷捻须说："琴声承接古今，真乃蒙古之气脉也！"福晋手帕拭泪，"老琴王年事已高，草原今后怕再听不到这样的琴声啦！"

于是，就有哈斯和巴特跟琴王习琴。

琴王问哈斯和巴特，"何以学琴？"

"当琴王！"哈斯和巴特异口同声地答。

老琴王微笑颔首。

"爷爷，爷爷！我也要当琴王！"正在绣荷包的塔娜也抢着说。

老琴王却捻须摇头。

一段时间，老琴王带着哈斯、巴特和塔娜，并未习琴，而是游历草原。去看蓝天白云，去赏牛羊草场。当时正值三月，草长莺飞，正是百灵鸟孵蛋的季节。三个半大孩子蹦蹦跳跳的，不时就令百灵鸟窝巢尽毁。"别跑了，别跑了。"塔娜带着哭腔制止。哈斯抱着琴，哈哈大笑，巴特却凑上前为塔娜拭泪。琴王心头一热。休息时，琴王给孩子们讲《蒙古秘史》。雨却"噼噼啪啪"赶来，琴王和孩子们前不着村后不着店，只能淋着。哈斯脱下蒙古袍盖在马头琴上，巴特脱下蒙古袍遮在塔娜的头上，塔娜却脱下蒙古袍踮脚替琴王挡雨。琴王的心头又一热。

后来，塔娜要练琴时，琴王却依了，心里感叹："这都是命呀！"

一年下来，琴王说："我没听见琴声，只听到马尾在弦上的咿哑声。"

第二年，琴王说："我听到了琴声，但没有琴味！"

"什么是琴味？"几个人异口同声地问。

老琴王捻须笑而不答。

第三年，老琴王还是摇头，仍说只听见了琴声。

几年了，3个人都长成了十八、九岁的青年。哈斯、巴特已成草原壮汉，塔娜也出落得好似草原的山丹花。老琴王看出，塔娜喜欢哈斯，而巴特却喜欢塔娜。老琴王看见塔娜的烟荷包还在怀里藏着，心也好像落下地。

这年，那达慕近了，老琴王却要带领三人远游。现在三个人的琴技没得说，对蒙古族的历史风俗也没得说，差在哪？老琴王心知肚明。每每想到这，老琴王的脸上就现出一丝悲壮。

这一晚宿营，老琴王、哈斯和巴特住在主包，塔娜一个人住侧包。睡觉前，老琴王给塔娜一把蒙古刀，要她防身。主包里，老琴王睡在包口，而让哈斯和巴特睡在里面。这里离狼山近，哈斯和巴特不依，让老琴王睡里面，怕狼来袭。老琴王摇头拒绝了。谁知，半夜真有狼王突进蒙古包，惨白月色下，狼王按住老琴王，张开猩红的大嘴，向老琴王的咽喉咬去。也就是一瞬间，哈斯"嗷"一声，抱着琴竟从门口飞出包外，电光火石，巴特一个飞身，竟把拳头塞进狼的嘴里，狼干呕一声，转身逃了，但还是用爪子切开了老琴王的肚腹，咬碎了巴特的拳头。

"爷爷，爷爷……"塔娜抱住老琴王，大声唤着。老琴王睁开眼，看着塔娜，塔娜掏出烟荷包，递给巴特。老琴王面颊现一丝笑，"琴，琴。"哈斯递过琴，老琴王拉弓，抹不住弦，就在"咿咿哑哑"的声音里缓缓闭上眼睛。

这年秋季那达慕，拉琴的是塔娜，塔娜的琴声和当年琴王的琴声一样，里面有战鼓声、马蹄声、有蓝天白云、牛羊草原……王爷和福晋高兴地说："琴王诞生啦！"

台上台下拿琴凳的是袖着手的巴特。

暗夜里，草原深处传来琴声，有部众说是哈斯，但琴声里却是透出无尽的落寞……

其实哈斯、塔娜和巴特现在才明白，老琴王是用天葬来成就新一代琴王的，因为每一个琴王，没把爱恨集于一身是不会拉出琴味的。

王 妃

　　科尔沁部的王爷是属狼的，羊喝过水的水槽子也要舔几口。上月派使者要巴林部的千里马。今日又遣使者纵马而来，要什么？巴林王心里不甚清楚。狗吠声和马蹄声随着使者一齐涌进穹庐，使者视十几号人于无物，也不向王爷和王妃施礼请安，就径自坐在牛毛毡上。巴林勇士个个怒火中烧，咬碎钢牙，但没巴林王的命令，只好按坐不动……

　　静静的大帐里，只有科尔沁使者"吸溜""吸溜"喝奶茶的声音。

　　巴林部和科尔沁部3年未起刀兵。3年前，巴林王和科尔沁王歃血为盟。当然更重要的原因是，巴林部和科尔沁部两家兵力相当，谁也没有胃口吞下对方。今年，巴林部秋季却遭遇百年旱见的雹灾洪灾，眼看入仓的穈谷被雹子砸在地里，成群的牛羊被洪水卷走……科尔沁部就连连挑起事端。巴林部和科尔沁部间的千里隔离草场，放牧着科尔沁部的牛羊，人欢马闹。巴林部底气不足，只能忍气吞声。若先动手，胜负未分，还要落个先挑起战争的罪名。

　　科尔沁使者喝完奶茶，脸色寒得仍能刮下霜，"怎么？巴林穷得连块手把肉也管不起吗？怎么待客呢？"几名勇士站起来，巴林王举举手，随即大喊："上酒，摆宴！"

　　科尔沁使者啃净几根羊肋骨，喝光一皮袋马奶酒，很响地打饱嗝，巴林王和部众的心也悬起来。科尔沁使者摇摇头，仿佛要赶走这片沉闷的乌云，"王爷，巴林的千里马是快，能追上白毛风啊！"

　　巴林王满面僵笑，"献给科尔沁王的东西，当然都是草原最贵重的啦！"

　　科尔沁使者竖起大拇指，颔首说："对啊，对啊。"突然就停在那，巴林王也停在那，空气又僵住了。良久，科尔沁使者翻翻眼皮，瞅一眼王妃，低着头说："王爷，科尔沁王有求于你！"

"请讲!"

使者清清嗓子，大声说："我们王爷要娶王妃乌根花!"

"狗腿子!""臭乌鸦!"巴林勇士们恶狼般扑上前，把科尔沁使者掀翻在地，大帐里炸了窝。

"放肆，都坐下!"巴林王大喝一声，几名勇士无奈退下，气呼呼地对科尔沁使者吹胡子瞪眼睛。

科尔沁使者吐了一口嘴里的血沫子，笑着说："我知王爷不舍王妃，此事难成。可我只是个跑腿的，再说若为此事挑起战争，孰重孰轻，还请王爷王妃三思啊!"

巴林王沉吟不语。

大帐里很静，只有科尔沁使者不时的饱嗝声。

王妃乌根花缓缓起身，握住王爷的手，高贵的面孔掠过一丝悲凉，绿宝石掺杂着蓝宝石的眼睛扫视众人，最终落在科尔沁使者的脸上，王妃微启朱唇："我愿去侍奉科尔沁王!"

"王妃!"巴林王率部众跪倒尘埃，泪流满面。

科尔沁使者面容一肃，"王妃，你是巴林部和科尔沁部的活菩萨"，又恭恭敬敬地说："王妃，请上马!"

看着科尔沁使者和王妃的马分开高草，消失在远方。巴林王仰天盟誓，他日巴林部兵强马壮，定要荡平科尔沁部，取科尔沁王的肝脏，祭长生天。

一个月后，巴林王接到王妃乌根花的羊皮地图，欣喜若狂，连连仰天大呼，"天助我也!"羊皮地图就是科尔沁部的布防地图，有了这张图，科尔沁部的一切尽在掌握之中。

原来王妃乌根花和科尔沁王大婚之际，谋士向科尔沁王进言："王爷，看来巴林部绝不肯背负盟之责，我部应早提兵马，消灭巴林，否则错失良机，将为大患!"坐在科尔沁王身侧的乌根花暗叫一声，惊出一身冷汗。

科尔沁王却停住酒碗，摇摇头说："我部且先操兵布防，且待冬雪降临，那时巴林部必然人饥马瘦，科尔沁部出兵，一战即成，哈哈哈哈!"科尔沁部众连连叫好，大碗喝酒，大块吃肉，尽兴狂欢。

王妃乌根花如坐针毡，推说身体不适离开酒席。王妃知道一场血腥的杀戮即将爆发，满脑子都是勇士们刀的呼啸声、马的嘶鸣声和孩子老人们的哭喊声。眼前是红色，无边的红色……

在一暴风雨夜，巴林王率部绕过科尔沁的布防，擒住科尔沁王，并要挟科尔沁部缴械投降。谋士进言："应杀掉科尔沁王，以使群龙无首，十万俘虏，才可驾驭！"巴林王面有难色："王妃在羊皮地图上要求绝不可杀害无辜！只需避免战争即可。"但誓言犹响耳边，巴林王还是点头应允。

王妃乌根花拦住行刑的蒙古兵，抱住捆绑住的科尔沁王，"你恨我吧，是我送的羊皮地图！"科尔沁王朗然大笑，头上的头饰都掉落于地，"时也，命也，今生能与你同床共枕，于愿足矣！"

科尔沁王大步跨上刑台，引颈待戮。

王妃乌根花衣袖掩面，愤然撞向刑柱，却被巴林王一把抓住，巴林王恶狠狠地说："你若寻死，我就屠尽科尔沁部众！"

王妃目眦欲裂，"让我活可以，但我必须出家。"

"为什么？"巴林王问。

王妃乌根花一字一句地说："因为我爱科尔沁王！"

巴林部众和科尔沁部众都知道，也是在 3 年前，科尔沁王迎娶乌根花时，被巴林王抢了亲。

搏克手满达

劲风鼓胀蒙古袍，满达脚足立地，石像一般岿然不动。青草有一拃高，草尖滚动露水珠，牛群伸展舌头，一卷一卷，大口咀嚼草茎草叶，汁液丰富，草香四溢。草海尽头，一轮喷薄欲出的朝阳，似血欲滴。

"放牛的，放牛的，快藏起牛，日本兵要来了！"王爷的头等搏克手巴特跟头流星跑来，脸色涨红，气喘吁吁。

满达看看慌张的巴特，没言语。满达嘬唇尖啸，声震耳膜，牛群停嘴抬头，头牛率先狂奔，群牛相跟着向赛罕坝山后隐去。

巴特双手捂耳，惊悸地望着营盘方向。

满达拍拍身边的红鬃马，红鬃马嘶鸣一声，也撒蹄追向牛群。

巴特和满达赶回营盘时，营盘早已变了模样——勒勒车横七竖八两轮朝天。蒙古包烈焰腾空，烟雾滚滚。70岁的老额吉倒卧草地，血肉模糊。不远处，日本宪兵架起机枪，几十把刺刀把王爷和部众团团围在中间……

巴特和满达也被推搡进人群。日本大佐腰挎指挥刀，戴副金丝眼镜，来回走柳。"八嘎！东亚共荣，你们的懂吗？懂吗？"大佐冲着日本兵吼。一阵皮靴响，日本宪兵收起刺刀，齐刷刷排成方队。大佐伸出食指，推推下滑的眼镜，竟然笑了，白厉厉牙齿，熠熠生辉。大佐说："皇军和大家是朋友，大大的朋友！"大佐拍拍胸脯，又说："现在朋友饿肚子，向你们借牛借羊，你们……"王爷双目喷火，"你们烧杀抢掠，与强盗何异？"大佐翻翻眼珠子，冲翻译官员"叽里咕噜"说一通。翻译官说："请阁下说话要注意措辞。大佐是个文化人，讲究公平。你们不有搏克手吗！与我们的相扑手赛一场，你们输了，要交出藏匿的牛羊，否则死啦死啦的。"

王爷静默不语，眼角余光暌向巴特。部众们也都长出一口气。巴特是王爷的搏克手，是巴林草原那达慕冠军。王爷供养他，每天让他研习跤法，跑步做操增强体质。可这时的巴特脸色煞白，冷汗淋漓，一点一点退缩进人群。

日本相扑手跳进圈内，哇哇怪叫，三五下甩掉衣裤，仅着兜裆布，肌肉突突，怪毛丛生。相扑手舀一瓢凉水，倒入口中，公驼般向外喷洒，状极骇人……

王爷拂拂长髯，紧腰带，正欲上场。满达却大喝一声："王爷，杀鸡焉用牛刀！"一个箭步冲进圈内。

王爷大惊，部众也都惊呆了。满达是个放牛的，可一门心思想当搏克手，红鬃马一出生，他就抱着牧牛练力气。5 年了，红鬃马成了成马，满达仍能抱着它健步如飞。那达慕大会，满达报名要摔跤，以巴特为首的搏克手却不和他较量，说一个放牛的，不配。

比赛结果却很快出来了，相扑手张牙舞爪扑向满达。满达一闪身，捉住相扑手一只胳膊抡起圈，一圈两圈。相扑手脚就离开地，另一只手溺水似的乱扑腾，满达一撒手，相扑手跟头轱辘地跌出圈外，嘴巴啃了一嘴泥。

空气凝结，大佐脸色凝霜，随即抛出一把刺刀，相扑手接刀在手，狠狠向腹部切去。

王爷和部众都长出一口气，谁知，大佐却手指戳点着满达，"你的，摔跤的好，去训练宪兵。"满达冷笑不语。翻译官大声说："满达，太君让你去做教官。"满达冷冷吐出三个字："我不去。"

"太君，太君，我去，我去，我是一等搏克手，他是放牛的！"巴特跪爬上前，握住大佐的手，翻译官与大佐耳语一番，大佐却摇摇头，一脚踢倒巴特，"八嘎，你的不配！统统死啦，死啦的。"宪兵齐刷刷端起刺刀，逼向人群。

巴特突然从宪兵手里抢过一颗手榴弹，扑向大佐。日本兵都抱住脑袋卧倒在地。

满达嗫唇尖啸，红鬃马和牛群发疯似地向营盘狂奔……

地动山摇中，手榴弹却没响，巴特忘记拉弦了。大佐挥刀刺向巴特。

满达王爷和部众挥动着马鞭子冲向宪兵……

后来，草原上出现一支抗日骑兵，为首的跨匹红鬃马，手使双枪，百发百中，令日本人闻风丧胆。这就是满达，满达始终忘不了巴特临终的话："满达，你是真正的搏克手！"

草原上，搏克手都是英雄。

毒　酒

巴林公主是草原上的金凤凰，不少王公贵族都想做梧桐树，前来保媒结亲者络绎不绝。公主却不中意，巴林王也强硬拒绝。一者公主秀外慧中，是巴林王的掌上明珠；二者巴林王没有子嗣，想百里挑一选一俊才，既做女婿，又承王位，条件当然就高了。

这事巴林王没说出来，草原部众却都看出来了，秃头上的虱子，明摆着嘛！

可想娶公主的人仍摩肩接踵。拒绝来拒绝去的，巴林王就有些烦。怎么这样呢！怎么是人不是人的癞蛤蟆都想吃天鹅肉啊！巴林王遂下严令，通过初审的几个人是要过毒酒这一关的。其实规则也简单：两杯酒，一杯有毒，一杯无毒。若能喝者无事，可娶公主，若中毒身亡，后果自负。

过关的概率也是不低的。可这几个王公贵族却打起退堂鼓，他们身边都不缺女人。公主再高贵也就是一个女人吧！为一个女人搭上命，值吗？不值！可科尔沁王却分开众人，上前端起酒杯。众人的心也跟着提起来，大睁着眼睛眨都不眨。谁知，科尔沁王试几次也没喝，而是步出帐外，倒在帐边有狗进食的盆子里。顷刻，三条牛犊子般的牧羊犬四肢痉挛，七窍流血……巴林王哈哈大笑，科尔沁王却大惊失色，摔碎酒杯，骑马大骂而去："什么玩意？喜事当丧事办！你巴林部和我科尔沁部联姻，草原还不就是我们的天下！"

有毒酒把关，巴林王清静了好一阵子。但公主也确实到了谈婚论嫁的年龄，巴林王表面不动声色，心里也很着急，谁知长生天让事情出现了转机。

这天，出游归来的公主领一书生来见巴林王。巴林王从公主的举动中看出公主选中了意中人，又见书生唇红齿白，举止儒雅，心下不禁也多了一份喜欢。

书生乃中原人士，父母双亡，自幼饱读诗书，现游历天下，行万里路。

巴林王问书生，你愿娶公主吗？

书生答，非她不娶！口气很坚决。

巴林王哈哈大笑，你凭什么娶她？

书生再答，一颗心。

巴林王看看公主羞红的脸，心里非常高兴。

翌日，巴林王端坐大帐，欲向部众宣布公主婚期。谁知一谋士站出阻拦，王爷，娶公主者，需过毒酒这关，巴林部焉能言而无信，贻笑草原！

巴林王目视书生："娶公主是要过毒酒这一关，你敢喝吗？"

大帐内空气骤然紧张，所有人的目光都看向书生。

书生半晌方言，"敢！"

巴林王大喝一声，"上酒！"早有勇士端上毒酒，牵过一只牧羊犬，以酒灌下，瞬间，狗七窍流血，立毙于地，观者无不变色。

巴林王说："这有两杯酒，一杯有毒，一杯无毒。你若饮无毒酒，是长生天成全你和公主。若喝下毒酒，是你命该如此！"众勇士目如鹰隼，齐声大吼：喝、喝、喝、喝……

书生缓缓趋步近前，伸出颤抖的手，欲端酒杯。"慢着，不能喝！"公主大喝一声，挡在书生面前，并同时端起两杯酒，一饮而尽，身体也慢慢软摊于地。书生急急抱住公主，大声呼唤"公主！公主……"公主慢慢睁开眼，望着书生说："我不想让你死！"

巴林王勃然大怒，命人抬下公主尸体，怒斥书生，"你，是你害死了公主！上酒！你若不死，是长生天护佑你。否则，你就要给公主陪葬！"早有侍者再次端上毒酒。书生面色惨白，颤抖着端起左边这杯。放下。复又端起右边那杯。再放下。众勇士复又齐声大吼：喝、喝、喝、喝……

书生闭着眼，终于端起杯，一小口一小口慢慢抿尽，身子竟没到，书生大喜过望，"我没死，呀，我没死！"转身大步走向帐外，谁知走出几步，却惨叫一声，翻到在地……

第三日清晨，当阳光照进蒙古包时，公主慢慢睁开眼睛，看见床头的巴林王，公主吃惊地问："我，我没死？"巴林王点点头说，"是，你没死！"

"书生呢？"

巴林王面色一肃，说，"孩子，我不得不告诉你，他是科尔沁王派来的奸细。谋士已经侦察他好久了。"公主吃惊地睁大眼睛，却摇头。巴林王指

指帐外行刑柱上书生，继续说，"他喝下毒酒，我们又救下了他，他什么都招认了。"

"那毒酒？"

"两杯皆能醉倒人，不过一杯是毒酒，另一杯是解药！"

"我，我不如毒死啊——"公主口喷鲜血，昏厥过去。

巴林王亦老泪纵横。

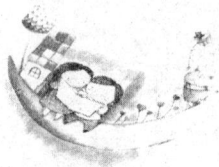

苏鲁锭

一、爷爷

巴林王清清嗓子，吩咐说，要看护好苏鲁锭！

我见他面色蜡黄，没有底气。我拱拱手，退出穹庐。我说，是。

苏鲁锭是圣祖成吉思汗曾经握过的长矛，相传是长生天赐给草原的圣物。圣祖降生时手握凝血，萨满说那就是苏鲁锭的矛头。圣祖成年，持苏鲁锭。平草原，定西夏，征金国，打花拉子模……兵锋所指，无往不胜。后传至巴林部，被奉为神物。有人说苏鲁锭里面包含着一个天大的秘密——是战争抑或和平？还是宝藏？

我对这个不感兴趣，我们守护苏鲁锭三代啦！祖辈只告诉我，要虔诚地上香、叩头，要像爱惜眼睛一样敬奉苏鲁锭。

我走在去荟福寺的路上——那里就供奉着苏鲁锭，也是我和孙子巴图的家。

巴林王的蜡黄脸和哑嗓子，不时浮现在我的脑海——那是 1937 年的春天，草原上没有牛羊的哞咩，有的只是日本骑兵出操的刺杀声和马蹄声。

巴图本来要留下陪我的，我没让，我让他看护好草原的马群。

远远的，塞罕乌拉山巨龙似地横在草原。以往的春天里，那里会传来萨满的鼓声和歌声，那是一年一度祭奠苏鲁锭的盛会。

日本人一来，草原上静下来，人心却都悬起来，都觉得有场大事要发生。山雨欲来风满楼！

就是那个早晨，荟福寺的门"吱呀"一声开了，我正在给苏鲁锭上香，我以为是巴图回来了，可是却没听到马蹄声和巴图喊爷爷的声音。我走出屋

门，大惊失色——院子里十几个蒙面人，手持短刀，黑压压向我逼来……前排的两名黑衣人，魔鬼般冲上前，对我拳打脚踢，还反剪住我的双臂。低声命令道，交出苏鲁锭！

有血流出来，我吐一口，一颗牙齿掉在地上。我笑了。我说，苏鲁锭就在供桌上，你们去拿吧！

一个黑衣人取下苏鲁锭。为首的一个说，要西，你的要配合！

我知道，面对这十几个人，我的抗争毫无意义。

那人持着苏鲁锭，又问我，苏鲁锭的秘密？说出来！

我侧歪着头，看他。我说，不知道！

那人也笑了，说，你还有个宝贝孙子巴图呀！他放马可要当心点！碰上狼，尸体都会找不到啊！

我的脊梁颤抖了一下，我说，放开我。

那人说，说了就放你！我说，你们这些人，我还能跑啊？

那人挥挥手，就松开了我。

我直起腰身，我向大殿一指，众人都顺着我的手势看过去……我却猛然向一把短刀撞去，我觉得那刀很轻快地穿过了我的身体，剧痛霎时传遍我的全身，我的身体亦软软地倒在地上……我说，你永远都不会知道苏鲁锭的秘密。

那人沉默了一阵子，再挥手，众人都影子似地退走了。

我的眼皮越来越重，灵魂却要飞翔起来了。

我死，就是让他们以为我带走了苏鲁锭的秘密，就不会为难我的巴图啦！

这时，我的耳边却传来脚步声和哭泣声，有人扶正我，问，你为啥这样？我，我可没想杀你呀！

我睁开眼，见是那把短刀的主人。面具早被我撞下来——竟是一位女子。她的长发好美，斜垂胸前，美丽的双眸盈满眼泪。

我笑笑，我对她说，不怪你，是我自愿的！

爷爷！她哭着喊我。

我说，好孩子，别，别哭！

她呜咽，悲唤，爷爷，爷爷，不要啊！

我头一歪，灵魂升上腾格里，什么也不知道了——我是守护苏鲁锭的，苏鲁锭没了，我的命也就没了。

二、慧子

　　3 天后，马蹄声再度撕破草原的宁静，我在前面惊慌失措地逃，身后 4 个武士夸张地狂喊花姑娘……其实我们是在演一场戏。

　　3 天前的那个早晨，我抱住死去的爷爷，止不住泪水。这时，佐佐木却不住声地喊我，慧子，慧子，咋还不走？大佐都生气啦！

　　不提大佐倒好，一提大佐我皱皱眉，很讨厌。本不该这样的，大佐是我的未婚夫。在东京的樱花树下，我们海誓山盟过，也举着拳头说过效忠天皇、东亚圣战的话。可进了中国，大佐为理想杀人把刀都砍卷了刃，我对他就再也爱不起来了。我觉得他变了。那天他拉住我的手，我却狠狠地打开了，我都吃惊自己的过激行为。我吸吸鼻子，干呕。我说，你的身上有味！大佐左右看看，说，没有啊！又盯住我的眼睛，半响方说，你，你变啦！

　　为首的那个人就是大佐，大佐说演一场戏吧！慧子你去套出苏鲁锭的秘密。只能玩暗的、阴的，这些蠢牛，武力解决他们会拼命！

　　我在前面逃得很夸张，帽子丢了，头发也散开来，张牙舞爪地飘在风里。看看前面就到了荟福寺，四个武士吵嚷得更欢啦！巴图就在那一刻蓦然出现了，他让过我的马头，弯弓搭箭射向为首的武士。那人反应快，一低头，箭射中后面一人的手臂，四人惊呼一声，拨转马头，逃了。

　　为了把戏演好，演真实。我勒马时，却重重地跌在地上。一阵钻心的痛袭遍全身，竟有血流出来，右臂都不会动了。

　　巴图古铜色面孔，浓眉大眼的很英武。巴图为我包扎时问我的名字，我说我叫塔娜！巴图就没了话。疼痛也让我一时找不到话，于是我们就都沉默了。

　　后来，巴图要我休息，他说他有事！我问什么事？巴图却摇摇头，说你别问！就骑马跑远了。

　　我知道巴图这是要去军营寻仇了，其实我们戴着面具也没用，草原上谁能杀人抢苏鲁锭呢？这样也好，大佐神不知鬼不觉抓住巴图，不愁问不出苏鲁锭的秘密。

　　我要提前赶到军营，让大佐他们做好准备。戏还要演下去——我脱去蒙古袍，把寺里的桌桌椅椅弄得东倒西歪，还扔下一把武士刀，就咬牙上马，飞奔而去。

是拂晓前那个最黑暗的时刻巴图闯进军营的，尽管大佐放了三道绊马索，可还是没有擒住巴图，倒让巴图很轻松地放倒了几名武士，逃之夭夭。

大佐气急败坏，狠狠地抽了佐佐木十几个耳光，就让他滚出去了。我坐在那里，也一筹莫展。大佐和我连那顿早餐都没有吃。

午时，佐佐木却连报告都没喊就跑进来，语无伦次地说，巴图，巴图来啦！

大佐搔头没明白，我反应快，一个箭步躲进帐后。

巴图冲进来，说，你们不是找我吗？放了塔娜！

我的心剧烈地颤动一下，原来巴图竟是来救我的！

大佐早一挥手，众人上前擒住巴图。

那晚的皮鞭声和锁链声响了大半夜。在拂晓前的那一刻，我偷出苏鲁锭，救走了巴图。

草原深处，我抱住受伤的巴图，巴图也抱紧我，彼此用对方的身体取暖。我觉得很踏实，很幸福……

巴图没问我什么？可我抱着他，脑海里却不时地闪过东京的樱花……也许也许，没有也许啊！苏鲁锭的秘密就在太阳升起的那一刻揭晓了——只见被夜露打湿的苏鲁锭枪杆上，竟然显出四个大字——"血祭罕山"。

看着熟睡的巴图，我的脑海里又不时地闪过那樱花……我心里很乱。最后，我那不争气的嘴，终于还是尖利地啸叫一声……

远远地，大佐带人跑过来。

苏鲁锭被插在塞罕乌拉山顶的敖包上，我看到面色苍白的巴图被卸下马，按倒在地——大佐要用他的血祭奠苏鲁锭。

山风吹拂我热辣的脸，我的心又剧烈地跳起来……

大佐举起的手尚未挥下，我却禁不住大喝一声："慢！"，声音出奇的大，传出好远。

武士们也都吃惊地看着我。

大佐慢慢侧转头，看看，忽然笑了。大佐递过来一把刀，大佐说，你杀了他！

我的脑袋仿佛遭逢雷击，连带身子也站立不稳。

后来，我还是一步步逼近巴图，巴图却是笑着的，我的脑海里不时闪过爷爷宽厚的笑容和巴图关切的眼神……

那几步，像走了很久。

我猛然挥刀，却割进自己的脖颈里……—刹那，天好蓝，云好白，草原好大……

为了那樱花，我不得不抢苏鲁锭；可为了巴图，我，我不得不先走一步，陪他！

三、巴图

起风了，苏鲁锭的枪缨子一掀一掀。我看见，大佐脸上的肌肉亦一颤一抖。

我脸上却堆叠着不屑的笑。令我没想到的是——不知什么时候，巴林王竟和巴林部众黑压压地向敖包走来。他们的身后，是日本兵端着的雪亮刺刀……

那天我骑马返回荟福寺时，爷爷的身体已然冰凉，苏鲁锭也不见了。还能有谁呢？我闯进巴林王大帐，要向日本人寻仇。巴林王软摊摊地斜在床上，云山雾海地吸大烟。巴林王说，日本人有枪，我们能去？还不都成了活靶子啊！我说，我们偷袭！巴林王厌恶地撇撇嘴，旁边的管家早一鞭子抽在我脸上，轰走了我。

现在看来，覆巢之下，岂有完卵？

大佐鹰眸紧盯我，霍然起身，一步步向我逼来，后面的人群里一阵惊呼。两名日本兵狠狠按住我。大佐抽出指挥刀，却让他们放开我。大佐"叽里咕噜"地说，慧子是因你而死，我要和你决斗，亲手劈了你。

有人扔给我一把刀。我弯腰拾刀时，却一个趔趄险些跌倒——是昨晚那顿皮鞭让我受了伤，但我觉得还是值得的！

其实，我在给慧子包扎时，我就觉得她不像草原人——她的身上有股浓重的胭脂香。可我闯完日本军营返回时，见到荟福寺里的情景，却又坐不住了。我决定还要闯军营，救慧子。我不能因为我的猜疑而断送一位好姑娘，那样我就是活着也不会开心的……

场上的情形不容我多想，大佐再次举刀，我还是不屑地看着他。大佐狼嚎一声，一溜碎步向我刺来。我若没负伤，我会用力格开，一刀削去他的脑袋。这回，我以左脚为轴，闪过他的进攻，手中刀却横切向他的脖颈。大佐

头后仰，跌翻在地，可刀锋还是吃进了他的右臂，令他鲜血淋淋……几个日本兵上前逼住我，我哈哈大笑。

大佐气急败坏，大声地怒吼，杀死他，杀死他，他若反抗，就扫射巴林部众！

我看见面色蜡黄的巴林王和战战兢兢的巴林部众，我真怕他们双膝一软跪在地上。

我荡开那几个日本兵的刺刀，我说，不用，我自己来！

我一步步走近神圣的敖包，我热泪流淌地望着苏鲁锭。其实秘密不是"血祭罕山"，而是"勇士之血祭罕山"——那天早晨我发现这个秘密时，刚涂掉上面的三个字，慧子就醒啦！

"苏鲁锭啊苏鲁锭，假如我的血能唤醒麻木的部众，那就用我的血来祭奠你吧！"

我站定身形，反手一刀递进胸膛，身子一晃，我忙抽出刀，拄在地上——勇士不能倒下，就是死也要站着。有血，缓缓流下来，蚯蚓一样地爬向敖包……

后面的人群里传来哭声和呼唤巴图的声音。

我双手拄刀，意识模糊起来……

敖包顶上的苏鲁锭闪耀金光，炫人眼目。忽然，狂风大作，飞沙走石，大地震动，马蹄声如雷，无数蒙古铁骑呐喊着杀出来……为首那人正是圣祖成吉思汗，他手持苏鲁锭，身后紧随着他的四杰、四勇、四弟、四子……我的身边，一团团黑影搅在一处……

好久好久，四周一切都静下来，疼痛消失了，我的灵魂飘向腾格里，耳边隐隐传来萨满的鼓声和歌声：

心应当铁

骨应当炭

胸应当炉

血应当汗

我心似铁

感召天地

……

哈斯和敖日格

一辆勒勒车深陷泥淖，纹丝不动。赶车的老额吉挥舞鞭子，牛紧绷脖子，跪爬着挣了挣，勒勒车仍然纹丝不动。额吉脸上满是无奈。这时，哈斯带几名仆从骑快马驰过，大声呵斥："闪开，闪开——"，马蹄溅起泥水，弄污了额吉的蒙古袍。额吉眼望哈斯的背影，双目盈满泪花。"额吉，走吧!"额吉回头一看却是敖日格勒。敖日格勒脱靴跳进泥水里，双手扳住车棚子，一声大喝，竟连车带牛抬了起来。额吉惊奇地看着他，眼睛却又黯然下去，摇了摇头。一进三月，草场泛绿，牲畜能吃饱青时，蒙古部落都要举办那达慕。远远近近的部众，齐聚到王爷的蒙古大帐前，摔跤、赛马、射箭，是谓好汉三艺。当然最好看的，部众好汉们最看重的是摔跤——数百名搏克手，身着摔跤服，颈戴五彩丝绸的江嘎，伴着悠长的挑战歌，狮舞鹰舞，同场竞技，场面蔚为壮观。

今年草原风调雨顺，王爷请来朝廷钦差，要举行盛大的那达慕，借以炫耀文治武功——近三年，王爷的搏克手哈斯都摘取了头等搏克手的桂冠，把巴林草原好汉的万千荣耀集于一身。

哈斯双手能掰断牤牛角，一个绊子能摔倒生个子马，出道以来，未曾有搏克手摔倒过他。王爷轻捻胡须，傲慢地说，"哈斯是草原上的赛罕坝，赛罕坝不倒，就没人摔倒他。"

哈斯有王爷撑腰做后盾，气焰嚣张。比赛场上，对手已然倒地落败，哈斯却故意下盘不稳，常用膝盖肘部重重砸击对手腹部软肋，不少好汉因此伤及内脏肋骨，却敢怒不敢言。也有些搏克手，没下场先怯三分，或者干脆放弃比赛，甘愿认输。别人挥汗如雨，全力拼搏之时，哈斯却坐在勒勒车边，喝奶茶、吃把肉，赏流云群芳，以逸待劳，一时无人能敌。

几天来，远远近近的部众赶着勒勒车，齐向王爷的草场聚拢。部众们兴高采烈，心里都盼望着今年能够扬眉吐气——部众好汉敖日格勒，3岁时举小牛练习跤法，18岁能扳倒种公驼，邻近搏克手无人能敌。今年的摔跤场上肯定有一场龙争虎斗。

歇脚时，额吉挤牛奶，可老牛的3岁犊子却一圈圈地来捣乱。额吉起身撵它，就挤不成牛奶，可刚蹲下身，那牛又凑近抢奶喝。敖日格勒奔上前，双手抓住牛角把它拉倒一边，侧身一扳，小牛的身体竖起来，牛角深深地插在草地上，牤牛再也挣不出来，无计可施，老额吉笑了，脸上的皱纹更深了。

那达慕摔跤场上，哈斯果然一路过关斩将，连出阴招，伤了5个人的肋骨和内脏。每当获胜时，哈斯都绕场一圈，"哇哇"怪叫。可今年好汉们都憋住一口气，明知摔不倒他，却拼全力与哈斯周旋，不让其保存体力，给敖日格勒创造机会，在决赛中战胜他。部众们群情激奋，老额吉的嘴唇都咬出了鲜血。

王爷和钦差端坐大帐，饮酒品茶，观看比赛。几天来，敖日格勒的比赛也越来越引起钦差的注意。敖日格勒每次与对手对阵，总是游刃有余——钦差和王爷侧脸说话的当，敖日格勒竟结束比赛，胜利下场了。好几回都这样。钦差也是位马上将军，就看出了门道。钦差就对王爷说："敖日格勒跤法纯熟，力气不凡，是头等搏克手的人选啊！"王爷目光还没从场里收回来，哈斯的对手又被抬了下去。王爷像是没听清，侧过脸看钦差。钦差说："王爷，敖日格勒能得头等搏克手啊！"王爷突然就笑了，王爷就要和钦差打个赌。王爷说哈斯能得头等搏克手，钦差还是坚持押敖日格勒，赌注是一千两黄金。

一时间，部众们都知道了，在明天哈斯与敖日格勒的决战中，王爷和钦差赌一千两黄金。赛场的空气突然紧张起来。

好汉们纷纷给敖日格勒献计，敖日格勒的蒙古包里人满为患。好汉们一致告诫敖日格勒："千万不要和他比力气，你才18岁，力气还未长成。哈斯却是正当年，正是劲大力足之时。"敖日格勒连连点头。相比之下，哈斯的蒙古包里却很冷清，王爷只丢给哈斯一句话，"若战败，你卷铺盖滚蛋。"

夜里，好汉们都散去时，老额吉却来找敖日格勒，老额吉悄悄地附在敖日格勒耳边说："别让哈斯抱住你，他就摔不倒你。"敖日格勒看着老额吉真诚的眼睛问："怎么能摔倒他！"额吉说："绊他的左脚踝。"

翌日，王爷、钦差和众部众早早来到摔跤场，哈斯和敖日格勒也精神抖擞，站在了场边。挑战歌中，哈斯和敖日格勒跳着狮步鹰步入场对峙。哈斯主动出击，伸双臂欲抱敖日格勒，敖日格勒沉着应战，两人钳子样的手扭绞一处，骨节爆响，却势均力敌。自日出战至日落，也未分出胜负。王爷、钦差和部众们看得心惊肉跳。钦差起身说，"让他们抱在一起，一跤定输赢。"王爷连连点头。这时，只听老额吉大喝一声："哈斯——"哈斯一愣神的当，敖日格勒一个绊子绊住他的左脚踝，哈斯"砰"然倒地。部众们齐声呼好，声震草原。

王爷输了一千两黄金，把哈斯遣送回家。

部众们都不知道，哈斯的左脚踝处有道疤！部众们都知道，老额吉是哈斯的亲额吉，他当上头等搏克手后，已经3年没有回家。

墨 点

　　草原上的孩子不幸夭折了，额吉就要缝布口袋，把孩子装上。再装牛肉干、奶豆腐等好吃的，有的还要把孩子生前的玩具也装上。这样忙完了，才把布口袋小心地放至向阳的山梁，等待有灵性的神鹰或野狼带走他们。3天头上，阿爸和额吉骑马去山梁查看。若孩子没了，就双手合十，默默祈祷一番，祝福孩子来生长命百岁。若孩子还在，是要把孩子接回家的——阿爸要倒拖套马杆，额吉则把乳汁挤到孩子四周的草地上，边往回走边叫："我的孩子回我家，来世再转我的娃，呼瑞呼瑞呼瑞……"据说，孩子嗅到乳香，灵魂就沿着套马杆的痕迹跟回来了，下一胎就是那个孩子的转世！有的人家不信，就悄悄用墨笔在孩子的屁蛋上点个墨点，转世的孩子屁股上就会长块胎记。阿爸和额吉一看，就知道接回了孩子，是要杀羊喝酒庆贺一番的。

　　这一年，巴林部塔娜的孩子高烧不退，医治无效，竟死了。塔娜的酒鬼男人在外场放牧，一年也就是春节才回家，都没给孩子起个名。

　　"可怜的孩子呀！"塔娜边缝布口袋，边流泪，"孩子命太苦！今世还没跟孩子处够呢！"塔娜往布口袋里装上好吃的和几件玩具，小心地给孩子穿上新做的蒙古袍，又用墨笔在他的屁蛋上点上墨点，才把孩子装入布袋，放在向阳的山梁上。第三天，塔娜独自一人骑马去山梁查看，一时大喜过望——孩子仍在，脸孔红润，小嘴嘟嘟着，和生前一般可爱。塔娜说："孩子，你也没跟额吉处够啊！跟我回家吧！"塔娜解开前襟，用力挤着两个鼓胀的奶子，奶水似两条白链，溅湿了孩子的脸和四周的草地。塔娜倒拖套马杆，边往回走边叫："我的孩子回我家，来世再转我的娃，呼瑞呼瑞呼瑞……"

　　塔娜轻声唤着，心里念着长生天的恩情，骑马沿路往回赶。谁知，塔娜只顾低头赶路，竟误撞巴林王的迎亲车队，护卫要鞭打她。巴林王却说："大喜的日子，饶了她吧！"其实所有人都不知轿里接的是两人，新娘肚里早怀了巴林王的种。巴林王见塔娜面容清秀，心下喜欢几分，也知塔娜前几天折了孩子，莫不是长生天白送来一个奶娘？

塔娜这时才从接孩子的状态中醒转过来，连连对着远去的车队叩头，忽然又急急地叫道："我的孩子回我家，来世再转我的娃，呼瑞呼瑞呼瑞！"

日升月落，不急不缓，塔娜惦着孩子，念着酒鬼男人。在挤奶、做奶豆腐之余，还一针一线地做好了孩子穿的蒙古袍，买了孩子喜欢的玩具……闲时，她看着蒙古袍和那些玩具，就有一抹笑现在脸腮上。

春节来到，却传回一个意外消息——男人酒醉围猎，坠马身亡。

空空的穹庐里，塔娜形单影只，对灯垂泪。40 岁的年纪，失去男人，也再没有和孩子相处的机会啦！

巴林部部众见到塔娜，也都觉得她怪可怜。

王府的管家来找塔娜，巴林王要塔娜去王府做奶娘。原来福晋产下麟儿，却不吃不喝、啼哭不止，请下 3 个奶娘也哄不停。

塔娜抱过小王爷时，孩子抽搭几下，睁开眼睛，黑葡萄般的眼珠转来转去，瞅瞅王爷、看看福晋，最后盯着塔娜的脸，咧咧嘴笑出声来。王爷和福晋长叹一口气，也笑了。塔娜把乳头放进孩子嘴里，孩子大口地吃起来……塔娜悄悄翻看孩子的屁蛋，泪水扑簌而下，止也止不住。

塔娜就在巴林王府做起了奶娘，还把先前给孩子准备的衣服玩具拿来，衣服小王爷穿着合身，那些玩具也喜欢得不得了。

众人都替塔娜和小王爷高兴。日子水流样地过。

那一年，日本人来到草原，巴林王要卖草场给日本人，还未及向部众宣布，部众们就纷纷抗议，巴林王措手不及，只得改变了主意。巴林王连杀几个人，也没找到泄密者，最后不了了之。后来，巴林王又要给日本人养马，把巴林部变成日本人的军马场。部众再次抗议，巴林王竟悄悄请来日本骑兵队，要枪杀巴图那几个带头的部众。谁知，巴图棋高一招，抢先带人夜袭了日本人的驻地和巴林王府，还绑走小王爷，扬言要王爷收回成命，否则杀死人质，投奔红军。

部众和王府剑拔弩张，巴林王顾不上查泄密者，急向日本人收回协议，日本人不依，声言正调兵前来镇压。众人无计，王府里的空气也仿佛冻结住了……塔娜却要去和巴图谈判救小王爷。巴林王说："巴图的条件我们答复不了，咋谈？"

塔娜还是骑马去了。

巴图说："看你也是奴才，留你一条命，回去吧！"

塔娜义正词严地责问："你难道要恩将仇报？"

巴图眨眨眼，惊愕着拜倒在地："是你，是你传信救了我们！"部众们也相跟着道谢不已。

谁知松开绑绳的小王爷却甩开塔娜的手，冷冷地说："没想到家贼是你！"

塔娜流泪，半晌方说："家贼？那不是咱的家！你，你是我的孩子呀！"

"不，我是王爷的孩子！"

"你是我的孩子，你知道吗？我抱你的那天，就认出了你，你的屁蛋上有黑痣啊！"

"你是我奶娘，还不知这个？"

"你那年离开我时，怕不好认，我特意一左一右点了两个墨点啊！"

众人惊愕不已。小王爷也愣在当场，他的屁蛋上确实一左一右，对称着生有两颗黑痣。

"那年我接你回家，误入迎亲车队，才使你迷路去了巴林王府！"

"额吉！"小王爷紧紧拥抱着塔娜，泪流满面。

巴图要塔娜母子回王府。

塔娜却说："我只身接回孩子，必引王爷疑心，我们还是和部众一起投红军打鬼子吧！"

马队风一般刮过草原。

菩萨妈妈

马头琴琴声悠扬，空气中飘来奶茶的清香。迎亲的王爷和蒙古部众黑压压跪伏于勒勒车两侧。公主步下车辇，轻轻抬手，平身吧！狼牙箭和蒙古刀的铁器撞击声里，王爷和部众盔明甲亮，晃得公主睁不开眼。

草原秋染，半青半黄，牛羊个个膘肥体壮，行行大雁寻老哈河顺流远翔。

闻到雁肉香，神仙想断肠。王爷说，射一只公雁，为公主熬汤解乏。公主只听一声弓弦响，就有一只大雁"扑棱棱"跌在身旁。

公主惊叫一声捧起受伤大雁，箭中右翅。公雁声声哀鸣，雁队中一母雁，竟飞落到公主车辇上，哀鸣声声。公主命人拿来金创药，纤纤玉手去箭、上药、包扎，目光饱含柔情。

无风，王爷的身体竟微微颤抖，大睁双目，竟也流露出温暖的光芒。

公雁三天伤愈，与母雁绕公主大帐连飞三圈，才长鸣一声，向南方飞去。

公主欣慰地微笑挥手。

蒙古部众停住屠羊宰牛的手，目送大雁远行。

王爷排兵布阵，校兵场人欢马叫，厮杀声震天。公主和仆从也走上高台。王爷令旗一挥，蒙古骑兵列成方阵，象方方青砖般整齐，等公主检阅。王爷恭递给公主令旗，公主看也没看，就把令旗丢放于案几之上。这时，只见校场外一骑闯入队伍，站于排尾，队伍里哄笑声七高八低。

王爷挺直身子，脸面能刮下霜雪。早有几个蒙古壮汉如狼似虎把来人绑于行刑台上。

校场里一片寂静，只有皮鞭的啸叫声和粗重的呼吸声。眼见的，衣衫破碎，鲜血淋漓……

王爷目光如铁，右手紧攥刀把，似尊石像。

公主娇喝"住手——"急步跑下高台，裙袂曳地，跌伤左膝，竟一瘸一

拐奔上前去，亲手解开受刑者绑绳，命人抬下养伤。受刑者挣扎跪倒，"演武迟到，罪责处死，谢公主救命之恩。"

王爷扶公主走出校兵场时，身后跪倒一片蒙古大汉。

大碗喝酒，大口吃肉，杀人见血，快意恩仇。王爷和蒙古部众的日子好像变了。秋季围猎，王爷也不知该去不该去了。最后，还是和部众悄悄扑向猎场。三天里，王爷和部众猎杀无数獐狍野鹿，收获颇丰。第四日，王爷骑马张弓，纵横驰骋时，有兵丁来报，公主知王爷围猎，已然 3 天不进饭食。王爷大惊，公主金枝玉叶，若有差池，如何是好？

王爷和部众赶回王府，急见公主，却被仆从挡于帐外——王爷和部众见公主双膝跪地，头触尘埃，久久祈祷……王爷和部众也跪倒帐外。

傍晚，公主帐内传出一句话，"建座庙吧！"

5 个月后，一座金碧辉煌的庙宇矗立草原。公主和王爷晨奉暮拜，丝毫不敢懈怠，蒙古部众放下弓箭和蒙古刀，捻起佛珠，和王爷一起祈祷今世平安，来世成仙。

几十年边疆安定，不起刀兵。这座庙叫"公主庙"，蒙古部众都唤公主"菩萨妈妈"。

神 箭 手

草原蒙古人自古就有"张弓一族"之说，射箭与摔跤、赛马并称好汉三技。蒙古人围猎、战斗，弓箭须臾不离左右。现在你若行走在茫茫草原，还会拾到锈迹斑斑的箭镞，那也许就是一段饱含鲜血、悲伤，不忍醒来的沉痛记忆！在蒙古人传唱的《弓箭颂》中，有"牛角大弓快白箭，永远跟我打天下"的句子，更是把箭的地位抬高得无以复加。草原人爱弓箭，对神箭手更是崇拜得五体投地。

哈斯就是草原神箭手。

哈斯是巴林人，那年秋季那达慕大会，与科尔沁神箭手狭路相逢。射箭有立射、卧射、骑射之分；也有射靶射活物之分。哈斯和科尔沁神箭手先相约射靶，竟打成平手。80米处的月亮靶上，哈斯和科尔沁神箭手各射三箭，都是十环。

科尔沁神箭手人高马大，却歪头斜眼，一走路，左肩还立立着。熟知他的人都知道，科尔沁神箭手孩童时五官端正，身材匀称，只因十几年射箭瞄准，竟落成这副模样。

喝彩声里，裁判向巴林王请示，移步河湾，射天上的大雁，以决胜负。巴林王点头应允，并要求哈斯和科尔沁神箭手只射三箭，各展绝技。

科尔沁神箭手拈签先射，只见他轻舒猿臂，弓如满月，一声弦响，竟三箭齐发，天空雁阵里，三只大雁应声跌落。草原部众齐声喝彩，连连称奇，这就是草原绝技连珠箭！

科尔沁神箭手斜眼向天，傲气十足。

巴林王口中喝彩，可心里却为哈斯提了一口气。

哈斯也是连珠箭，一声弦响，飞出三箭，众人齐声喝彩，以为还在伯仲之间，可天空雁阵里却只是落下三根羽毛，飘飘摇摇向众人飞来。"唉——"

巴林王脸色黯然，长叹一声。巴林部众也齐齐惋惜。

这时，场内的科尔沁神箭手却握住羽毛，抱拳大喊："我甘愿认输！"言罢，上马绝尘而去。裁判拾起羽毛，面色骇然——那三根羽毛竟是三只大雁右翅的第一根硬羽。

事后，哈斯才向好奇的草原部众解释，那时正值春季河开，大雁北飞孕育小雁，若射下一只，等于害死四五只。杀气太重，吾不为也！

当然，也有部众传言，说哈斯是后羿转世，是天生的神箭手。看他剑眉星目，挺拔如山，不像科尔沁神箭手练射箭竟落得斜眼歪脖子。也有人玩笑着说科尔沁神箭手要一箭射掉三只大雁的三根硬羽，累得眼睛斜到后脑勺子也不成！

自此，草原再没有神箭手到巴林部挑衅，哈斯的神射故事就这样传颂着。

那一年，却来了日本人，烧杀抢掠，无恶不作。

日本人到草原抢军马，牧人把马群藏起来，日本人寻不到，架起机枪，把巴林王和部众团团围住……大佐圆睁环眼，怒火冲天地抽出指挥刀，要大肆杀戮。这时他身边的一名武士却和他叽里咕噜一阵子，翻译官张牙舞爪地也说一阵子，众人才明白，原来武士要和巴林神射手哈斯比试。武士胜，巴林部交出军马；哈斯胜，日本兵撤走放人。

巴林王也只好点点头，哈斯早应一声，身背弓箭，镇定自若走出人群，若一挺拔的松树似的立在阵前。哈斯问翻译："怎么比？"翻译官矮里矮气地问武士，武士眉毛一竖，手一拂，手中好似长出三把匕首，寒气逼人。武士缓步走出二十米，伸出食指点点哈斯，又拍拍胸脯，仰天狂笑。

"啊——"人群里不禁惊呼，看来要出人命。

大佐叽里咕噜，翻译官点点头，大声说："外来是客，理应武士先射！"

场内，武士的脸色越来越凝重，空气仿佛也凝结住了，只见武士一挥手，三道白光，分上中下三路向哈斯飞来……哈斯不慌不忙，长弓轻挥，三把匕首纷纷坠地，手中竟也多出三支竹箭，弓弦一响，三条乌龙尖啸着向武士舐来……武士挥动军刀，前面织成一片白色光影，众人眼见乌龙穿过光影，却没了踪迹。

武士停住刀，热汗直流。大佐平举两个大拇指，哈哈大笑。众人也认为是平手。谁知，武士正欲抬腿，却"扑通"一声跪倒在地，刹时，发髻散乱，衣服绽开，一条裤腿竟被牢牢地钉在草地上——原来，哈斯三箭，一箭射中发髻，一箭射断腰带，一箭射中裤腿。其中任何一箭差之毫厘，武士也会非死即伤。

武士跪爬几步，连连作揖，谢哈斯不杀之恩！

大佐鹰眸喷火，盯视武士，一步步逼上前。武士再向哈斯拜拜，挥起匕首，竟深深地插进肚腹……

"巴格牙鲁"大佐"嗖"一声抽出指挥刀，高高举起，忽又惨叫一声，跌歪身形——哈斯一声喝骂，早一箭射中大佐的左眼……千钧一发间，又有一排箭雨飞向鬼子兵，鬼子兵惨嚎声声，乱了阵脚……远远的，科尔沁的神箭手率众赶来，哈斯和巴林王率领部众挥刀冲进敌阵。

后来，草原出现一队骑兵，为首的是哈斯和科尔沁神射手，来无影去无踪的，令日本人闻风丧胆。

勇 士

风在草尖上打着呼哨，巴林王寒着的长脸在巴图心头高悬，表面上巴图却仍和众勇士策马围猎，箭无虚发。牛皮酒袋在空中抛掷传递，一口烈酒饮下，马蹄生风，早已驰出二、三里远。巴图和勇士们的笑声、呐喊声，直冲云霄。

前日，巴林部荡平劲敌科尔沁部。巴林部和科尔沁部的数万将士也共同见证了巴图的勇猛。战场上两阵刚刚对圆，勇士巴图催动乌龙驹，只身一人冲进科尔沁部的中军，夺下科尔沁王的苏鲁锭，并要挟科尔沁部众缴械投降。巴林部不伤一兵一卒，大获全胜。获胜的巴林勇士欣喜若狂，簇拥着巴图，齐声呐喊：巴图巴图！巴图巴图……声震长生天。

谁知声音间歇，王弟哈斯却锐声高喊：王爷万岁！王爷万岁！声刺耳膜。

众将方见王爷的长脸能刮下霜，鹰隼般盯视巴图。巴图慌忙滚鞍下马，双手献上苏鲁锭，起身振臂大呼："王爷万岁！王爷万岁！"巴林部众亦齐声呐喊。

巴林王颊上的肌肉抖动，下令坑杀科尔沁部将士。巴图跪地求情，"王爷，他们已缴械投降，失去勇士荣誉，手无寸铁，万望王爷饶恕他们的性命！"科尔沁王和部众们也都跪倒在地，哀求饶命。人挨人黑压压一片。巴林王高举苏鲁锭，眼珠转转，大笑同意赦免，并下令部众狩猎、摔跤庆贺胜利。

王爷的长脸再不显山露水，风掀动黑色大氅，飘忽不定，"哗哗"作响。

三天后，哈斯进帐禀告："王兄，勇士巴图狩猎拔得头筹！依律当赏！"

巴林王眼睛微闭，半晌方言："让巴图清点，莫不是哈斯你拔得头筹？"

哈斯一抱拳，大声允诺。少顷，哈斯复投入帐，大声报告："勇士巴图清点完毕，巴图拔得头筹！"

巴林王遂令侍者赏给巴图一副金马笼头，而对作为奖品的千里马却只字不提。

接下来的摔跤比赛，对搏克手，经过三天激战，场上只剩下巴图和哈斯。哈斯深知不是对手，在以往的较量中，巴图只用左手左脚，就能摔倒哈斯，压得他不能动弹。巴林王却说哈斯定能夺魁。比赛时，巴林王还坐在高台上，给哈斯鼓劲。

几个老阿爸唱响挑战歌，巴图和哈斯鹰步狮步跳入当场。巴图仍用左手抓住哈斯腰带，拎、拽、扯、压，哈斯疲于应付，全场呼好。高台上的巴林王却重重地咳嗽起来。巴图一迟疑，哈斯却抱住他的腰，占了先机。四周勇士齐喊加油。巴图腰身一挺，冲劲竟荡开哈斯双臂，左手一带，一个绊子下去，哈斯砰然倒地。

谁知巴林王竟穿上摔跤服要和巴图摔跤，场上的空气骤然紧张，部众们闻所未闻，王爷竟和部众斗技，巴图也愣在当场。旁边唱挑战歌的几位老阿爸都冲巴图使眼色，意让巴图让跤。

挑战歌唱起来，巴图绕场鹰步入场，引来阵阵喝彩声。巴林王似一只下山猛虎向巴图扑来，巴图右手扯住巴林王的臂膀，一哈腰，左手抓住巴林王腰带，竟把巴林王高高举起，一松手，扔出圈外……全场噤声。

早有侍从趋前扶起巴林王，检视惊呼："王爷折肋骨三根！"

"伤主者，依律当五马分尸！"断事官字字如钉。

巴图立在当场，山岳般岿然不动。一帮护卫亲兵来擒巴图，巴图舞动拳脚，兵丁纷纷哀号倒地。巴林王大喝："巴图，你想谋反不成！"

巴图朗声说到："王爷，为了勇士的荣誉，我只有胜利。王爷不容我，可千里草原，处处是我家！"言罢，飞身上马，疾驰而去。

巴图忽听一片马蹄声响，猛回头，只见众勇士吼着蒙古长调，传递着牛皮酒袋，山岳般一路奔来……

斗 琴

每逢九月份，巴林部和科尔沁部是要斗琴的，是非要分出个你高我低来的。今年又至九月份，巴林王信心满满不无期待地对琴师塔娜说，你呀，你要为爷爷报仇啊！

巴林部和科尔沁部中间有一片好草场，一年四季，两部的牲畜是不能在这个缓冲带放牧的，因此草就养得繁茂无比，十分诱人。只是到了九月份，牧草要收割了，两部就各派一名琴师，进行斗琴，争夺这片肥美的草场。

拉的当然是马头琴。说起来，马头琴在草原上本为吉祥之物，草原人喝酒要拉，唱歌要拉，那达慕大会上更给马头琴演奏提供了舞台。牧人们个个是歌手，也当然离不开马头琴，就连母畜下羔子，不懂呵护小羔子时，也是要拉琴的。一曲终了，常常使母山羊或母驼泪花飞溅，守护着小羔子象守护着自己的生命，须臾不离了。

多年来的斗琴，却令草原人心里对马头琴有了嫌隙。怎么说呢！巴林部和科尔沁部相约，双方各派一名琴师，夜晚送进野狼谷，一夜琴声不绝，全身而出者为胜；若葬身野狼谷，则为败者，是要让出草场的。马头琴里也仿佛有了血的腥气。

说起来这个主意还是塔娜的爷爷出的。爷爷贵为草原琴王，不忍看巴林部和科尔沁部每每为争夺草场刀戈相见，就出了这个主意。巴林王和科尔沁王都同意了，觉得为草场付出一个人的生命，远远要好过一场战争的代价。只是爷爷连续几年获胜，使科尔沁部颜面扫地，憋足了气。

爷爷年事已高，须发皆白。几年争斗下来，耗尽了心力。去年斗琴，塔娜要代爷爷去，爷爷不依。塔娜不放心，眼睛都哭红了。爷爷拿琴临走前对塔娜说，我不是不信你的琴技，草原人不怕死，被野狼带上长生天，是我的福分。再说，我怎么也要对死去的科尔沁琴师有个交代。也想让巴林王和科尔沁王，在这场争斗中有个触动，所有的争斗，都有损伤，人啊！要以和为贵。塔娜哭得站不起来了，她也相信爷爷的琴技，但她看到爷爷颤巍巍的袍袖，心就打起了鼓。那回爷爷没有回来，天亮时，只剩下一副骨架。科尔沁的琴师巴图走出了野狼谷，谷口的科尔沁人欢呼雀跃，呼瑞呼瑞地叫个不停。

塔娜一下晕倒在地。

一年来，塔娜苦练琴技，常面对野狼谷一拉就是一夜……巴林王和部众看在眼里，满心欢喜，群情振奋。

今年的争斗又如约而至。科尔沁的琴师仍是巴图，被科尔沁部众簇拥着，英雄般和科尔沁王走在前面。巴林王向塔娜一挥手，也向谷口走去……科尔沁王"哼"一声，巴林王"哼"一声，鼻孔里都喷出了不屑。塔娜率先向野狼谷走去。这时，巴图却大喊一声，慢！众人吃惊地看着他。巴图说，王爷，在进谷之前，我请求给你们拉支曲子？科尔沁王捻着胡须点点头。巴图盘腿坐于草地，以腿挟琴，一顿弓，一甩头，便有琴音流出……塔娜的身躯不禁颤动一下，她听出巴图拉的是和平之音。琴师在琴师的琴音里就会走向彼此，可让塔娜不解的是，他们是来斗琴决生死的呀？场上众人却都被那琴音裹挟着，表情各异，皱眉、错愕、摇首、流泪……一曲终了，巴林王和科尔沁王低首沉思。巴图缓缓起身，深施一礼，王爷，小人有个建议，不知当讲不当讲？没等两位王爷说话，巴图又接着说，王爷，一夜过后，我和巴林部琴师若能双双走出野狼谷，这片草场，两部轮用如何？众人一片沉默，是呀！为了这片草场，献出了多少生命。每一年，都有人生死相别……

巴林王和科尔沁王互相看一眼，也表情沉重地点了头。

一夜琴声不绝，天亮时，巴图和塔娜相搀着走出了野狼谷，四野里发出一片欢呼。

后来，巴图娶了塔娜，证婚人是巴林王和科尔沁王。部众有的不理解，这好的也太快了，巴林王和科尔沁王却笑而不答，只有梅林说，你们呀！巴图和塔娜相搀着走过鬼门关，那能不好呢！不好才叫怪呢！

那夜，巴图和塔娜都拉起和平之音，野狼围上来，却在琴音之下，变得温顺乖巧……塔娜和巴图先是分坐两处，夜半，都感体力不支，琴音失色，群狼躁动，两人慢慢紧靠一处，一人拉琴，一人小憩，从而使琴音一夜不绝，双双保住性命……

　　巴图还告诉塔娜，去年，巴图体力不支，是爷爷先住了琴音，引过野狼，用血肉之躯换得巴图的片刻休息，救下自己的。

　　这时，有人提议，请巴图和塔娜合奏一曲，两人欣然取过马头琴，顿弓、甩头，全情投入，曲子高亢、低回、宛转、悠扬，飘向整个草原……部众们围着他们牵起了手，又唱又跳。

走　马

跑马易得，走马难寻。

草原赛马，有跑马走马之分。跑马跑动，四蹄齐攒，势如腾空。骑手需凭精湛骑技方可掌控，否则臀部会被颠肿，下马一瘸一拐，连路也会走不直的。走马则不然。走马跑动为交叉趾，这就最大限度地保证了马身的平衡。步伐又分大走、小走。大走长途如风驰电掣，小走短距似行云流水。无论大走小走，马背都如孔雀开屏样微微抖动。骑者如沐浴春风，似扯帆驶船，眨眼驰出数里……牧人都以走马为宝，那达慕上的奖赏，走马也是远远高于跑马的。

巴林草原上，额吉就有一匹好走马——千里挑一的走马。那马头大额宽，胸廓深长，腿短肌腱，全身雪白。额吉称其小白龙。

一时，大牧主和牧人们都想据为己有。

那达慕大会，看完走马比赛，知情的人就叹，现在的夺魁马与额吉的小白龙比，不是一个档次啊！咋说呢？一个天上，一个地下啊！也有人劝额吉比赛，额吉却极反感，"不去，不去！"叫嚷着闪开了。也有人要花重金买额吉的马。先出四千，再五千，后涨至一万。额吉依旧摇头，逼急了，就说："我一个孤寡老婆子，要钱做啥？"

也就在那天，买马人刚撮着牙花子走远，额吉竟放走了走马。额吉对走马说："看来，你我的缘分尽啦！"走马也似听懂，不停地用毛茸茸的嘴唇拱着额吉的手掌。额吉凄然地说："走吧！"走马细碎着步子，慢慢踏出几步，又驻足回首，眼里竟也流出泪水……额吉心一酸，再挥手。走马仰首长嘶，绝尘而去。

额吉只身走进蒙古包，心里空落落的。不禁想起与走马相遇的那一刻，那是一个暴风雪夜，她听到包外马嘶，出来却见母马产驹力竭而死，只剩下将冻僵的马驹。山梁处，闪着绿眼睛的野狼，低嗥逼进……额吉急急抱起小马驹，冲进蒙古包，放入被中。小马驹虚弱地歪着头，用水汪汪的眼睛看着额吉，额吉紧紧搂抱着它："你没事的，你没事的!"又赶紧地用奶瓶喂小马驹。小马一岁时，额吉就训练它走马的步了……慢慢的，一人一马竟相依相伴走到今天。

草原人听说额吉放走了走马，就有人信心满满去草原深处寻找。几次，都无功而返。

日本人也就在那时闯进了草原。

带队的是名大佐，是个蒙古通，脖子上挂架相机，满草原乱窜。当听翻译说额吉有匹走马时，大佐眼睛都亮了，当即带兵团团围住额吉的蒙古包，要马，声言到底看看奇在何处?

额吉看着大佐和四周端枪的日本兵，面色平静地说："马是草原的呀!我放啦!"

大佐鹰眸盯视额吉，"嗖"地抽出军刀，狠狠地说："草原上的东西都是皇军的! 不交马，死啦死啦的有!"空气仿佛一下凝住了，在场的人都心惊胆战地看着额吉。

额吉竟缓缓地闭上双目，四周牧人劝告额吉："交出来吧! 再贵也就是一匹马啊!"

额吉无动于衷。

"快交!"大佐暴怒地举起刀。谁知，就在军刀将劈欲劈之时，草原深处，却传来马的嘶鸣声……四周牧人惊喜地喊起来，走马，是走马! 远远的，一轮红日照耀着雪白的走马，转瞬即冲到众人面前。额吉泪流满面，抚摸马头，走马热烈地用嘴前后左右嗅闻额吉。

一名鬼子兵冲上前，欲捉马，却见走马摇头掉尾，几个蹶子踢过来，鬼子兵屁滚尿流跌翻于地!

大佐示意额吉上马，又指指摩托车，要跟额吉比赛。

走马仿佛明白大佐的意思，竟冲额吉伏下身，额吉顺势跨上马背。

"慢!"大佐吼一声，命人端给额吉一碗奶茶，要额吉举起。然后才狠狠地放了一枪，摩托车闷吼着抢先冲了出去。

走马起初碎步小走，随之腰身一踏，腹部几近地面，流星般大走。电光火石，竟冲到摩托车前面。额吉端着茶碗，伏于马背，耳闻呼呼风声，眼前

花草摇曳……大佐大吼："快快！"开车的日本兵油门已加到底，却还是被远远地抛在后面。

大佐鸣枪示警要额吉停下，额吉仿佛未听见。万般沮丧的大佐无意间触到相机，抓到救命草似的慌慌举起，镜头里，走马越走越快，若力士怒箭，似浪中惊鱼。渐渐，四蹄腾空而起，远远的，再无踪迹……半晌，摩托车才追上前，大佐惊讶万分——原来走马腾空，乃是跌进了草原深处的断崖……崖畔，竟有满满一碗奶茶，滴水未溅。

大佐和草原人百般寻找，却未寻见走马和额吉的尸体。

后来，额吉和走马也从未在草原现身。

大佐却常常对着洗出的照片发呆——照片上，走马四蹄腾空，后面一只蹄下，影影绰绰现团剪影，仿佛若一只紫燕。

大佐还喃喃地叹："草原啊草原！"

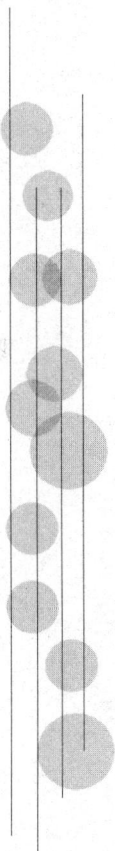

猎

　　猎手阿龙，一身腱子肉，且极工心计，深山密林，野兽常出没的地带，阿龙都布下机关：陷阱、毒弩、火药……大小野兽撞入其中者，无一幸免。

　　阿龙枪法精绝。一次他与一头野猪在万丈悬崖边遭遇。山脚的猎手们大惊失色。野猪凶，一枪不毙命，人就得遭殃，野猪攒足劲，箭一样扑向了阿龙。阿龙不慌不忙，端起枪，瞄也没瞄，"砰"一声，一筒钢砂颗粒不剩地射进野猪的血盆大口……山脚的猎手们一阵欢呼，挑起大拇指赞道："阿龙真是最棒的猎手!"

　　最近，野兽们忽然销声匿迹，猎手们每每空手而归，全村面临着饿肚子的危险。

　　一日，密林深深，阿龙发现一只小白兔。已被弩箭射个透穿，还没死。小白兔蛮可怜，支棱着白绒绒的长耳朵，眼睛"吧嗒、吧嗒"滚出泪珠，滴在雪白的前爪上。阿龙的心陡然一热，又一耸肩"唉! 我没法救你啊!"手按箭杆一送，小白兔蹬蹬腿，咽了气。

　　阿龙带回家，给老娘炖碗香嫩的兔肉。娘热热吃下，那黄白面孔竟微微泛起红色。阿龙心里暖暖的。

　　天色尚早，阿龙又扛枪进了林子。

　　天啊! 阿龙揉揉眼睛。没错! 一只野兔正在草丛中一颠一颠。阿龙一阵狂喜，今天真交了好运，又可两日无忧了。他端起枪，瞄准，又放下。这只兔子有些异常，跑跑停停，显然是受了伤。何必浪费一筒枪沙呢! 阿龙目测一下，飞快地追上去。

　　兔也跑，屁股一掀一掀，是后腿负了伤。同时也很肥。阿龙驻足、喘息。兔也停下，有意无意啃几根草。阿龙心里痒痒的，又追……直至密林

深处。兔子趴伏在地，浑身颤抖，实在跑不动了。阿龙气喘吁吁，脸涨得通红，看着猎物，心甜丝丝的。他狠狠地抡起枪托，刹那间，那兔子高高跃起，反扑阿龙，不意间枪响了。"砰"一筒枪沙颗粒不剩地射进阿龙的肚子里……

阿龙轰然倒地，蓦然明白自己成了兔子的猎物。

小兔根毫未损。

草原和深圳

巴特和海岩同在深圳打工，巴特是草原人，海岩是深圳本地人。

两人同为农民工，身份一致，活计也不分上下，难见高低，可是，两人却较着劲吹嘘家乡好家乡美什么的，好像那样就高过对方多少了。

一日，巴特和海岩去逛街，海岩看看宽阔的马路和涌动的车流人流，摇头晃脑对海岩说："你看你看，这街道多宽，这汽车多高档，这人穿得多时尚。"后面是一连串的感叹声、咂嘴声……当然，眼珠子滚珠似的围着巴特转来转去。

巴特没言语，眼睛却盯着十字路口——原来是堵车了。几个交警满头大汗地进行疏导，汽笛鸣叫，乱成一团。巴特额头上没有汗，却夸张地抹了一把汗说："真急人呀！这要是在草原，只要是方向对，你挂上挡造吧！睡觉都行，能堵车？"当然，说这话时，巴特的大眼珠子，也把海岩瞅了个遍。

工程竣工发薪水，海岩请巴特吃蟹。海岩自豪地说："膏肥肉美，一盘蟹，顶桌菜啊。吃吧，还能治肺结核哩！"也就是过两天，巴特也请海岩吃涮羊肉，巴特对海岩说："吃吧，这羊好，吃的是中草药，喝的是矿泉水，拉的是丸子药，尿的是口服液，营养高着哩！"

不久，海岩乡下的妻子来看海岩，妻子长得皮肤白皙，娇小玲珑，一副小鸟依人的样儿。第二天一大早，海岩特意请了假，肩并肩膀对膀，领着妻子到街上玩，惹得民工兄弟一阵好看。

一周刚过，巴特的媳妇乌根花也来深圳打工了。乌根花腰身粗壮，嗓音厚重，远远看去像个壮男人。第二天一大早，就撸胳膊，挽袖子，把宿舍里的脏衣服都按进了洗衣盆。

海岩对巴特说："嫂子真壮实哩！嘻嘻。"巴特也笑："你老婆是供人看的，我老婆是干活和咱过日子的。"

秤　眼

草场由绿变黄是在八月份。那时的牛羊都上圆了膘，个个滚瓜溜圆，毛尖子上熠熠闪光。草原也因此迎来一批又一批的牛羊贩子。他们鸣着汽笛，嘴里吐着半熟不熟的蒙语，惹得牧羊犬吠叫连连。贩子们不睬，袖筒里讨价还价，沟坎处牛羊装车，热闹异常。几天就在草场里压一条大道，直通向外面的世界。

多年来，早有一条不成文的规定，牧人们知道，牛羊贩子们更知道。每一次贩子们来了，都要先去秤眼的包里去找秤眼。

秤眼40多岁，原名叫毕力格，18岁就知道能吃这口饭。

那年，逢一伙牛羊贩子来收购，全用秤过，牛羊排了好长好长一大溜，都不老实，有气，顶架的，尥蹶子的，惹得众人都很小心，跟着紧张。那天秤眼喝了酒，就拨开众人冲进圈内，"你们呀！你们真他妈脱裤子放屁，多此一举呀！"四周一圈眼睛盯着他。秤眼又说："牛羊都在身边长大的，几斤几两还没个数？"嘎查达巴图就拉他，以为他喝多啦！秤眼用手一指，报出了这头牛的斤数！众人不信，一量，"嘿！真准！"巴图以为他胡诌的，就拉过自家的那头牛问："你看看这多少？"巴图说："你这头700斤！不，应该是710斤。"有人问秤眼咋变啦？秤眼说这牛刚喝饱了水。上秤一量，又对啦！于是，秤眼就近又指出牛羊的斤两，上秤一过，无一不准。巴图惊喜地大声宣布："不用秤啦！不用秤啦！毕力格说多少就是多少！我看呀！你小子今后别叫毕力格啦！就叫秤眼吧！"本来是半天的活，秤眼一小时就完成啦！也就从那时开始，毕力格就干上了秤眼的活，一干就是二十余年，声名远播。

常常的，贩子们一进包，常见到正襟危坐的秤眼。先问好，再敬烟。也有带酒的，但秤眼在走时得给人家带一瓶自己的酒，任谁说也不好使。等一

口烟缭绕着从秤眼的口鼻里出来时，就传过来一句话："走着!"秤眼话不多，相畜的时候也就是那几个数字。牧人牵牛羊走过面前，秤眼看一眼，只一眼，就开口报数。前些年也有不服的，上秤一过，就都服了。现在若不服，是被四周人看笑话的。这里有件事不得不提，一次，一户牧人牵过来一个黄花母牛，秤眼看了一眼又看一眼，却没报数。四周的几人都盯着他，充满疑惑。秤眼对主人说："这头牛不能卖!怀犊啦!"主人不听，秤眼说："吃牛肉不能伤两命啊!我买!"，第二年开春，黄花牛真生出一个活蹦乱跳的小牛犊来。

牛羊贩子们也口口相传，到巴林草原收购牛羊，不用秤，秤眼就是一杆秤。

当然，也有牛羊贩子想弯弯绕，没皮带脸想方设法地给秤眼掖钱。意思当然很明显，就是让秤眼在收畜报斤称时少报点。那时节也恰逢秤眼老婆生病住院，秤眼手里钱不宽裕。老婆就说留下吧!可秤眼却坚决地给退回去啦!贩子们说这钱不是给你的，是给嫂子的，朋友这么些年啦!嫂子住院，不意思一下，过不去。秤眼就急了，臭不要脸，再不收回，我给你扯啦!贩子们就蔫蔫地装进兜里，烧鸡大窝脖啊!

也有牧人请秤眼喝酒，话里话外让秤眼多报点。秤眼却掏出钱，说："酒钱我给你，多报的事你想都别想!"

也就是老婆住院那段时间，正逢秋季出栏，可却没有一个人来找秤眼。老婆急，秤眼也有点急。端坐在包里，一等就是一整天，一等就是一整天。可后来却听说，贩子们收畜来没带秤，要找秤眼，有个人说他陪床呢!别找他啦!于是，竟然一拍即合。皆大欢喜。

接下来的事，就像电影里的快镜头：

一户牧民本来700百斤的牛，却卖出780斤的钱。牛贩子估高啦!

一户牧民本来600斤的牛，却卖出500斤的钱。牛贩子估低啦!

后来牧民和牛贩子就商量，不行，还是用秤过吧!也真奇了怪啦!贩子和牧民仿佛都忘记了秤眼这个人。

就用秤过。

于是牧民们就在牛羊出栏时，狠劲地给牛羊饮水，称完后收钱，欢喜异常。可他们不知道，贩子们在秤上放了磁铁，称完后付钱，也是异常欢喜。

秋季的草场，人喊狗吠，热闹异常。

秤眼这边的包里，却孤单突兀。秤眼在包里正襟危坐，似个老等。直着耳朵，一会站起，一会坐下。老婆说你有病啊！给你送钱你不要，现在还在玩深沉！秤眼想说啥？嘴唇哆嗦着却说不出口。

直到月亮升起时，草场才归于平静。秤眼走出毡包，草原沐浴在牛乳般的月光里，远远地，传来猜拳行令声和狂野的舞曲……秤眼也喝酒，天上一个月亮，杯里一个月亮。秤眼喝一口，天上的月亮还在，杯里的月亮没了，老婆嘹亮的骂声传过来："没用的东西，就会喝那点破猫尿，不知道日子中过咋的？"

秤眼一口一个月亮地喝着，突然双目一黑，竟再也看不见月亮了。秤眼骇得大叫："老婆，快看看，我喝了谁的酒？"

打　狼

冬季畜群转场，草原狼如影随形。

我在草原采访，也跟着老牧户毕力格和畜群向南转移。

明晃晃的太阳地里，我见到新鲜的狼粪和清晰的狼蹄印，却没有狼的身影。

夜幕四合，营盘四周的小山丘上，却突然晃动颗颗绿光，空气送来草原狼的声声长嗥，令人毛骨悚然。

毕力格老人架起篝火，敲打一面铜锣，领着牧羊犬在畜群周围小心巡察，还不时调过洋铳，向天放一枪，"轰"一声，火光四溅，威慑力极大。

有火，有枪，狼群是不敢冒险进攻的，一时，畜群平安无事。

那时，草原还没有禁止打狼。牧民们对这群祸害牲畜的草原狼，总结出一套打法——清明掏崽，八月马追，十月提母……毕力格老人如数家珍，说是百试不爽。

毕力格老人盯着远处闪烁的狼眼说，现在我们防备严，狼群没机会，它们就会去盯别的畜群，我们这边就可以睡个好觉了。

果然，第三天晚上，营盘四周没了狼叫声和狼的身影，天亮也见不到狼的脚印和粪便。

再下营盘，毕力格老人虚张声势一会，也放心地睡下了。

谁知，第二天毕力格老人清点羊群，却意外发现少了一只绵羊。一找，竟在几百米外的山沟里，只剩一副白森森骨架。

我的心悬起来。

毕力格老人亦面色凝重，围着骨架转了几圈，说，这是一只母狼，还领着幼崽，看来它们没跟狼群走，抓住我们的错觉，钻了空子。

不好，那它会像虱子似的盯住我们，令人防不胜防啊！我说。

　　毕力格老人却胸有成竹地俯在我耳边，让我到前面十里处的山口埋伏。一会，他找到母狼把它追过去，我们的两匹快马，一定能追上，它带着崽子跑不快的。

　　我问，怎么找？

　　毕力格老人很有把握地说，它不会躲太远，昨夜吃饱了，一定领着崽子们晒太阳呢！

　　果然，正午时分，我在山头下埋伏着，就听见远处毕力格老人的吆喝声，只见他的马前五、六十米处，有一只狼带着两只小狼崽慌里慌张地向我冲来。我骑上马，替过毕力格老人，也吆喝着向前猛追。谁知上了山坡，却不见了狼崽子的踪影，只见母狼在前面不远的坡梁上，气喘吁吁地跑。我的马快，几步就追上去，母狼也真跑不动了，蜷缩着身子，伏在地上，一眼一眼地盯着我。

　　这时，毕力格老人冲上来，母狼又挣扎着一瘸一拐地向前跑。毕力格老人举起马棒，一侧眼，却停住了，只见20米外的一堆马粪下，热气升腾。老人撇下母狼冲上去，一脚踢开马粪，只见两只小狼崽子在下面簌簌发抖……

　　这时，母狼也停住脚步，用哀怜的目光看着我们。

　　一刹那，我明白了，母狼是把狼崽藏匿在马粪下，只身以死引开我们。谁知，天气寒冷，空气说出了母狼的秘密。

　　我沉默了。

　　毕力格老人也住了手。

　　这时，只见母狼双眼流泪，四肢伏地，"呜呜"叫着，竟举起前面两条腿，像是作揖……

　　我心里一酸，眼里突然涌出了泪，我说，放了它们吧！

　　毕力格老人也点点头，大声说，快走吧！走远点，别来祸害我的牛羊。

　　母狼像是听懂了，一瘸一拐地领着狼崽消失在坡地下面。

　　回来的路上，空气还是很沉闷。

　　我说，一次地震中，一个母亲为了救孩子，把手指咬破，递到孩子嘴里。3天后，母亲死了，而孩子得救了。

　　毕力格老人看看我，眼望天边，幽幽地说，唉！狼要是不吃肉，它不会来祸害牲畜的啊！

　　说这话时，我见老人眼里汪满了泪。

　　风吹四野，草原万物作响作舞。

吠 月

满月清辉，母狼蹲踞于东山顶上，仰首吠月。母狼的吠声似牧人的长调，百转千回，声音打远，弥漫草原。

经验丰富的牧人就听闻出吠声里的忧伤，心头一酸，恨恨地骂道："造孽呀！"接着又疑惑，狼行成双，咋只有一匹狼？

营房内的大佐也听到母狼的吠声，抑制不住兴奋，竟跳起来，连连对翻译官和3名日本兵说："狼皮褥子！狼皮褥子送上门啦！"

大佐和一小股日本兵闯进草原，来办马场。可大佐患老寒腿，受不住草原蒙古包里的湿气，就带人上山掏回狼崽，想打只大狼做件皮褥子。

年轻的翻译官不停转动着老鼠眼，竖起拇指赞大佐好福气！还矮里矮气地为大佐端茶倒水。相反，3名日本兵倒没被大佐的喜悦带来好心情。他们个个端紧刺刀，伸头缩脑地向包外张望，脸孔绷得像块木板。

母狼的吠声不绝于耳……压迫着包里的每个人。

大佐不急不缓地理着狼崽的皮毛，皮毛生出静电的轻微声响，在寂静里敲打着几个人的神经。狼崽睁双水汪汪的黑眼睛，伸出红红的小舌头，左舔一下，右舔一下，一点也不觉凶险的来临。

片刻，大佐成竹在胸。他先命令翻译官牵过一峰长毛披拂，凶猛异常的公驼，让他把小狼崽的尿液撒在公驼身上，给母狼造成假象，是公驼偷了它的崽子，然后把公驼拴在营前的空地里。只要母狼一出现在射程内，就一枪结果了它。谁知，在涂抹狼崽尿液时，翻译官却皱皱鼻子，对着眼前腥气四溢的尿液发怵。这当然没躲过大佐的眼睛，大佐鹰眸烁烁，赫然变色说："你的，引不来母狼，俺毙了你！"翻译官不情愿地拧着鼻子，试探着刚欲伸手，大佐却粗暴地打掉他的帽子，一脚碾在小狼崽的尿液里，大声笑骂：

"猪啰!"3名鬼子兵也扯扯板结的皮肤,恶鸟似的怪笑。翻译官战战兢兢地把公驼拴在营房前的空地里,再看大佐,手里赫然多出一根闪亮的钢针。大佐脸颊肌肉扯动,一挥手,银针没进狼崽的皮毛里,狼崽疼得大叫。大佐拔针,再刺,狼崽惨叫连连……营房里霎时成了地狱。东山顶上的母狼停止吠叫,疯一样跑向毡包。3名日本兵紧张地端枪瞄准。公驼看见母狼,猛挣缰绳,嘴喷白沫,头亦左晃右甩,觑见母狼近前,后蹄猛弹,直攻母狼,枪也在这时响了,母狼贴地蜷身一滚,恰恰闪过蹄子和子弹的进攻。身体若装上弹簧,高高跃起,张嘴叼住骆驼的鼻子,一下,就把骆驼拉倒在地,钢牙顺势切进它的喉咙……乱枪里,几个日本兵跑出来时,那峰骆驼早就没了气息。

大佐没打着母狼,却折了一峰骆驼,大发雷霆。一个日本兵说骆驼太大,挡住了他们的视线,所以才让那牲畜逃跑的。

大佐又命拉过一口猪,还是拴在营房前的空场里。大佐故技重施,又开始折磨小狼崽。小狼崽起初尚叫得出,后来渐渐叫不动了。母狼也知是计,竟猫在暗影里,再不出击……夜深了,大佐和日本兵都很疲倦。翻译官说:"狼怕枪,这回怕是不来啦!"大佐灌下一碗酒,点头说:"这畜生胆破啦!不,不来啦!"谁知,就在这时,母狼却自空中跳进场内,利嘴紧咬肥猪耳朵,扫帚样的长尾赶着猪,飞快地向场外跑去……大佐几人追出来,母狼早消失在茫茫夜色里。

大佐来了牛脾气,就把狼崽用铁链锁在营房前的空地里。大佐不放心地翻翻眼睛,阴险地对翻译官说:"你的,给狼崽抹上驼尿!"翻译官面露难色。大佐命令说:"用手!"翻译官拧着眉头,用手一下一下把驼尿抹满狼崽的全身。狼崽声音暗哑,有气无力。

子夜时分,母狼还未出现,大佐几个人先后倒头睡去。这时场内却传来尖利的狼嚎声。原来母狼还是被骗了,它悄悄地溜进营盘,闻到狼崽身上的公驼气息,竟一口咬住狼崽的肚腹,一扯,竟把狼崽的肚皮生生扯开……大佐"哈哈"狂笑着和日本兵冲出来,母狼悲情号叫,竟忘记了逃跑。也就在那一刻,枪响了,母狼中弹,痉挛倒地。

天蒙蒙亮,公狼从几百里的山外觅食归来。在东山顶上,公狼见到那头肥猪,已然断气,脖子上清晰印有母狼的血牙印。

　　几天后的夜里，几个日本兵竟发现大佐倒毙在营房里，血肉模糊，惨不忍睹。显然是公狼的杰作。翻译官也不见踪影，估计是逃跑了。

　　满月清辉，公狼蹲踞于东山顶上，仰头吠月。公狼的吠声似牧人的长调，百转千回，声音打远，弥漫草原。

　　其实公狼本找不到杀害母狼和狼崽的凶手，是那张狼皮让公狼寻到大佐，还有那扇夜里也未曾关闭的屋门帮了它的忙，让公狼顺利地扯断了大佐的喉咙。

一头叫黑豹的牛

三月的青草已然没膝，牛群伸展舌头，卷食吞咽，芳香四溢。以黑豹和秃子为首的小公牛们骨架子都已长开，滚瓜溜圆。它们吃几口草，是要抬头打量几眼母牛们的；下河湾喝水，喝一气水，也要抬眼重复同一动作。牛群里弥漫着浓浓的青草味和牛奶的香气。

黑豹一身黑色皮毛，阳光下像缎子般闪耀。一对牛角刚劲有力，像两把出鞘的刺刀。

黄花牛为首的母牛们吃草喝水，都齐刷刷挤在黑豹身前身后，秃子和其他小公牛们一靠近，母牛们就躲瘟疫似地闪开身子。每逢这时，牛倌就狠狠对黑豹抡棒子，怂恿秃子和黑豹争斗。秃子却像个没长牛卵的母牛，灰溜溜逃开去。

牛倌就叹，"妈的，扶不起的井绳！"

那场争斗到底还是在一个午后发生了，母牛们悠闲地在草场里反刍歇晌，秃子和黑豹抢占位置，就燃起战火。牛倌很奇怪，平日秃子惧怕黑豹，离很远就躲开它，今天却有恃无恐。场内两头牛嘴角吐沫，前蹄刨地，夹着尾巴撞在一处，只一个回合，秃子就一个后坐，连跑带颠败退下来。可后面的事情却让牛倌始料不及，十几头小公牛像是约定好了，一齐晃动牛角，尘土飞扬地向黑豹冲来，没几个回合，黑豹左前腿被顶伤，有几只小公牛也被黑豹顶得鲜血淋漓……牛倌害怕闹出事来，大声呵斥着，就向黑豹扬起木棒。黑豹转身的当，秃子和小公牛们进行了好一番乘胜追击。

接下来的日子，牛倌很满意，秃子带领小公牛们，一次次与黑豹发生争斗，黑豹刚一低头吃草，秃子和小公牛们就扑上前，十几头牛撞在一处，牛倌飞快地冲黑豹挥起木棒，黑豹只好跑远了。下河喝水，黑豹也都要在牛群喝完后，才孤独地来到河边。

好长一段时间，黑豹明显瘦弱下来。

兽医领几条虎生生壮汉来给公牛去势，兽医问牛倌："留哪头做种公牛？"

牛倌指指秃子说："留它！"

青草地里一片血腥。

汉子们抓黑豹时却颇费周折。用青草喂它，它躲开；用清水饮它，它也躲开。兽医恼怒万分，射出一针麻醉针，麻倒黑豹，凑上前，正欲动刀，黑豹却一蹄子把他踢倒在地。几条壮汉按住黑豹，兽医卧在地上，半天捂着肚子爬起来，"妈的，还反了你！"边骂边挥刀子，割除牛卵，牛倌接过来说："俺给你们煎了下酒！"

几个月以来，秃子变了，粗腿粗脚，颈上的毛拧成卷，在牛群中横冲直撞，俨然一派王者之气。夏初季节，秃子就让牛群里的母牛受了孕。而黑豹身上的皮毛却不再光滑，好像挂层土。骨架子很高很大，而膘总上不圆，骨头都露在外面了。

秋雁行行，声声催促牛倌赶牛转场，秃子领着牛群向草海深处走去，黑豹走在牛群后面，灾难也就在那一刻发生了。

走在前面的秃子忽然蛇咬腿似地退回牛群，哞哞地叫个不停，前面的母牛也停住脚步，腿哆嗦着，"哗哗"撒尿……牛倌跑近几步，头发一下根根直竖，脊背有寒毛左摇右晃——只见十几条恶狼，龇牙咧嘴，伸出猩红的舌头，垂涎欲滴，后面三只小狼崽，也噪叫不止，跃跃欲试。牛倌知道误闯狼窝，狼群一步步逼上前，牛倌却不敢后退，他从老猎人口中得知，现在狼不是猎食，而是捍卫家园，若退却，它们会大开杀戒，咬死成群的牲畜……这时，牛群竟在后面骚动起来，秃子已领着几头牛撅着尾巴跑向远方。牛倌冷汗淋漓，身体颤抖不止。猛见黑豹四蹄翻飞，哞哞怪叫，威风凛凛挡在牛倌面前，狼群停住脚步，以嘴触地，呜呜怪吼。黑豹前蹄刨地，状极骇人……

牛倌抹把汗，悄悄率领牛群后撤。黄花牛趋步上前，被牛倌一木棒打转身，跑出百十米，牛倌回头看，只见黑豹牛角闪亮，已与群狼战在一处……

回场后，嘎查达给牛倌戴上大红花，"小倌儿，狗种不熊呀，遇见狼群，才折一头犍牛，真有你的！英雄！真是英雄！大家伙可得给你说个暖被窝的啦！哈哈哈！"汉子们都尖声呼好，大口吃肉，大碗喝酒。女人们也唱歌跳舞相贺。

夜半，草原上空星河璀璨，牛倌酒醉步出穹庐小解，抚摸秃头，嘴边呢喃："哈！俺秃，俺是不会再让秃子没媳妇的。"冷风一吹，激灵灵打个寒战。猛回头，却见黄花牛四蹄翻飞，怒箭一般射过来……

奶　河

那年冬天，是草原最冷的冬天。太阳若隐若现，雪落三尺，白毛风扬卷，牲畜和牧人都很难找到进出的道路。当然，找路也没用，外面也是个饥饿的世界。

不分昼夜，额吉和我只能缩在包里，一面抵抗寒冷，一面抵抗饥饿。烧柴。额吉计算好的。白天，只求炉火不灭；夜晚，也是隔一个时辰，加一次牛粪。额吉眼睛忽闪忽闪地对我说："这些燃料，我们能挺到明年春天！"我点点头，装作很信她的样。最让额吉没法计算的是吃粮——现在仅有一小袋炒米，一小块奶豆腐。额吉没说能挺到春天，可能是她也不信自己所说的啦！

最惨的是我们的骆驼脱了缰，跑远了。那时，额吉也给我说："没事，没事的！"我们也不能出去找，冰天雪地加上寒风刺骨，出去就很难再返回来。额吉说没事时，我发现她的眼角有亮晶晶的东西在闪烁，就在一转身的时候，又没了，我甚至都怀疑起了我的眼睛。可草原上的食物，都来自牲畜。吃肉、喝奶茶、吃奶豆腐，就是吃的炒米也是从蒙商那里用牲畜的皮张换回来的。跑失了骆驼，我们就什么都没了。

额吉每天定量给我吃一小把炒米，烧奶茶也是把那块奶豆腐切一小片，放在水里，烧来烧去的。几回下来，茶都没了奶子味，才拿出来，当做我的一顿饭。

最好的办法，就是躺着不动，减少运动量，黑夜白天连轴转。额吉和我的生物钟就变了。有时，我们夜里睡不着，就盯着包顶出神。额吉说："我们一定能坚持下去吧！"半天，我接上说："是的，一定能！"

那天夜里，包外却传来细碎的声音。额吉推推我，"是不是白毛风！"我说："这样大的雪，还能有啥？"额吉再听，突然兴奋地跳起来，"是狼！是狼！"我睁大眼睛，汗毛炸开，吓出一身汗。额吉却摸起一把刀冲了出去。

我也战战兢兢地跟到包口。我见到一幅图画：皎洁的月光下，一匹狼蹲在白茫茫的雪地里，不声不响紧盯着我们的毡包，相距不过10米。显然它也是找食物的。

额吉却快速地冲上去，狼也冲上来，一人一狼，都很兴奋。月光里，雪地上，额吉和狼滚在一起……我忘记了哭泣，我只记得最后是额吉胜利了，她大口大口地喘着粗气，脸上溢漾笑容，被月光和雪光映衬着，灿烂异常。额吉说："这，这回好啦！有，有吃粮啦！"

第二天，额吉在剥狼皮时，眼神却严肃起来，还有庄重。我也看到了这匹母狼圆鼓鼓的腰身。额吉慢慢拉过我，庄重地跪倒在狼尸旁，磕头，拜，边轻声叫道："额吉！狼额吉！"额吉示意我也叫。我磕头，也轻声叫："额吉，狼，狼额吉！"

额吉说这是匹母狼！它是出来寻食被我们杀死的！它救了我们，而我们却害了它和它的孩子。叫，再叫，狼、额、吉！

我信服地磕头："狼、额、吉！"

有了狼肉，额吉和我终于走出草原那个冬天——那个最寒冷的冬天。

50年后，一个汉族老人坐在城市楼房的阳台上，在读一张泛黄的报纸，他读得泪流满面。那个老人就是我。报纸上写道：

20世纪50年代末60年代初，中国遭遇了3年自然灾害。内蒙古各地先后接纳了3000多名上海、江苏、浙江、安徽的孤儿。这些孤儿小的只有几个月，大的也只有7岁。内蒙古人民，尤其是草原上伟大的额吉们敞开了她们博大的胸怀，接纳了这些孤儿，孤儿们被牧民亲切地称为"国家的孩子"。

其实，我就是这群孤儿里的一员，接纳我们的还有草原上的生灵。

那个天冬天过去后，孤儿们凑到一处。都抢着说自己不但有蒙族的额吉，还有牛额吉、羊额吉、马额吉、驼额吉……他们问我时，我说我有一位狼额吉！其实，杀死狼额吉的额吉却是个未婚的蒙古姑娘。她把狼肉分成段，连骨头都煮熟让我吸了髓。雪化通路那天，她笑着流泪，还拉我对着长生天叩拜，让我喊："狼额吉！"我就大喊："狼额吉！"

那时的草原绿海无边、鲜花盛开，牛羊星星点点……远远的，额吉们手提奶桶向我们走来，孩子们欢呼雀跃地迎上前："额吉！额吉！"我似乎诗人一样脱口而出："奶河！奶河！！"

于是，宽阔无边的草原上，"额吉！奶河！！""奶河！额吉！！"……稚嫩的童声响彻云天。

石 王

石王被福州石头行尊称老大，但石王对老大这个称号，并不"感冒"。石头行里有活动，石王多不露面，有推不开的，就派儿子厚德去代表。至于捐资助学这类公益事，石头行人会拉上横幅，红底白字写着某某活动，很醒目。还要请电视台记者录像、摄影，挺热闹的。石王也只是派人送钱过来就算完事。有时，组织者问，就留个名；若不问，是连名字也不留的。

石王常把自己关在屋里，赏石品石，乐此不疲。石王置石于案几上，沏杯香茗，音响播放《春江花月夜》，一支曲子，反复着听。石王品香茗，或坐卧，或站立，捻须对石，渐渐，就有一丝笑意浮于脸颊，久久不散。每每赏石完毕，石王神清气爽，踱步天井，看天空流云，赏庭中花草，眼神明澈如一泓清泉。有时，也脱口吟出"采菊东篱下，悠然见南山"的诗句。

石头行里的石商们都知石王有一绝世珍品——巴林鸡血王，可谁也没有眼福真正见过。

据说有一年，石王去巴林草原游玩，见雅玛图山下一牧户墙里砌一块石头。石王说这是块好石头，当时牧民嘴一咧，满嘴白白的牙齿，"嘻嘻，石头还有好坏？这玩意山上多了去了，你不怕压坏车胎就给你。"石王看看朴实的牧民，张嘴想说什么却没说。

石王把石头运回福州，刨磨打光，去掉石皮子，赫然是绝世珍品鸡血王。

石王知道这是和鸡血王的缘分。

"那是绝品、神品，真乃日月精华，鬼斧神工啊！"石王的儿子厚德喷着嘴，两道眉毛上下翻飞，唾沫星子溅向四周石商们的脸。

石商们几次想一饱眼福，却都被石王一口回绝。

这一年，几个腰杆子硬的石商斗富，举行为期 3 天的赛宝大会，奖金额高达 10 万元。古玩行的商家争相参加，电视台推波助澜，整个福州城沸沸扬

扬。经评比，一石商的昌化鸡血有望摘得桂冠。谁知，就在赛宝大会的最后一天，却见厚德竟抱来鸡血王。一时会场静极，专家和石商们震惊异常——真乃鸡血王现身，百宝失色。只见那鸡血王状如宝塔，牛角冻底，块血网状血遍布全石，且不凝滞，鲜艳的血色绕黑色牛角冻回环流动……隐隐竟有烈陷腾空之势。

全场评委一致评定，鸡血王获得一等奖。

石商们围定鸡血王，久久玩味，合影留念，深以为奇。

这时，却见石王满面怒色而来，推开众人，抱起鸡血王就走。有人递上奖金，也被石王一把打在地上。

石王儿子厚德也不敢拿钱，就做个罗圈揖，说："老爷子就这脾气，大家见笑，见笑！"

厚德只到晚上才敢归家，却见石王屋门紧闭，里面传出《春江花月夜》的曲子来。厚德蹑手蹑脚近窗偷看，就见石王泪流满面，喝一口酒，起身对鸡血王作揖说："石兄，你我缘分已尽，你该回家了。现在有识你的人啦！"

厚德满腔懊悔，他只是看到父亲去巴林进货，才偷抱出鸡血王的，怎么弄成这样？

几天后，石头行里的人听说，石王欲把鸡血王送回巴林草原，送给巴林奇石馆。原来，巴林现在建成巴林奇石馆，却没好石头，石王就送鸡血王去当镇馆之宝。巴林这方面说买也行。于是，就有人议论，鸡血王值多少钱？厚德听说后，撇撇嘴，"钱，钱是个啥？老爷子是白送！唉——"

巴林派车来接鸡血王那天，福州石行里的人都到了。只见那车竟装成娶媳妇的花车，乐队反复演奏的是《春江花月夜》的曲子，还有扛着摄像机的记者来回穿梭，据说这是石王的意思。石王怀抱缠绕大红花的鸡血王刚露面，厚德就点响了二千响的鞭炮，"噼噼啪啪"的。石王眼里却蒙一层忧伤，众人心里也酸酸的。车子拐过街角，石王还在挥手。

石王活到80岁才走的。石王的儿子说，石王是去巴林看鸡血王，回程染上风寒，就走了。

火化时，众人见石王怀抱一张照片，赫然是鸡血王的照片。

守 候

来到自然保护区，正逢麋鹿拖家带口向南迁徙。作为摄影爱好者，我喜出望外，特意给向导小凡加了 200 元钱。小凡憨厚地挠脑袋，不好意思要，还说："你不来，我每年也要陪麋鹿走一遭的。谢谢，多谢啊！"

我退休前是记者，摄影部的，代表作品《守候》获过国际大奖呢。退休后，有了时间，就一门心思扑在摄影里，不想出来了。别的老伙计天天在公园练剑、打太极，优哉游哉。我则背着相机，走街串巷——撞车的、失窃的、破口大骂的，声震耳膜，我一点儿也找不到艺术感觉。

这次注定是有收获的。小凡和我陪伴麋鹿群跋山涉水，虽然辛苦，可我还是拍下麋鹿爬山、过河等不同时间地点的照片，有些场景是千载难逢的。我心里鼓胀着一种成就感和喜悦感。身边的小凡却一脸凝重，我总觉得有什么事要发生。

一天早晨，我们刚从帐篷探出身，小凡"嗷"一声冲向前面的小山沟，大声喊："有狼，有狼！"我跟头流星地跑近一看，一只小麋鹿只剩下一副白森森的骨架，旁边一只麋鹿妈妈，用鼻子嗅着骨架，伸长脖子"呦呦"叫唤。小凡像中了邪，狠命地把麋鹿妈妈抽打回麋鹿群，可他一转身，麋鹿妈妈又绕过小凡跑过来，嗅嗅骨架，又叫，不肯走。小凡又抡起了鞭子。他说，麋鹿妈妈都识得小麋鹿的气味，现在小麋鹿死了，可骨架上的气味是不会变的，不赶它走，它绝不会移动半步。我的心不禁颤抖一下，飞快地向麋鹿妈妈和小麋鹿的骨架举起了相机。

就在那天夜里，小凡火急火燎地叫醒我，说麋鹿妈妈不见了。我和小凡骑马赶到早晨的出发地时，只见小麋鹿的骨架边又多出一副新的骨架。地上血迹未干，空气里飘荡着一股腥甜的气味。

小凡扑倒在骨架上，像失去亲人般号啕大哭。我鼻子陡然一酸，也禁不

住流下眼泪。

这一夜，我和小凡再也睡不着，我满脑子都是麋鹿妈妈守在小麋鹿骨架边的身影。后来，我对小凡说，我给你讲一个故事吧！

小凡抽噎着点点头。

我指指照相机，缓缓地说："我的摄影作品《守候》获过奖，也救过一个人。那张照片上有一个憔悴的母亲，怀里抱着奄奄一息的孩子，母亲的脖子上挂着"救救孩子"的纸牌子。很刺眼，是用血写的。我当时是去采访一个企业家，在大街上，我推开人群就举起了相机……照片一发表，那个企业家出资救了那孩子。那孩子要换肾，父亲支不起药费跑了，母亲要捐肾，却没钱——"

小凡突然扑通跪在我面前，哽噎着说："你，你是记者大叔？"我说我退休前是记者。小凡紧紧抱住我："我，我就是那个小孩呀……"

"你，是你！"我愕然。

后来我知道，小凡的妈妈捐完肾，不久也去世了。小凡就回到乡下，在保护区找到管理麋鹿的工作，每年救护麋鹿好几十头呢！

一个月后，我回到城里，把麋鹿妈妈的图片扩印在书房的墙壁上，背起相机，走街串巷，开始了新一轮的寻找。

小 铜 匠

"我要。"

"我也要。"

"我来分。"小三要过月饼，一下掰成两半，左手那块大，右手那块小。大哥、二哥不满地嚷嚷，"不行不行"。小三张开大嘴，狠狠地咬一口大的，有滋有味吃起来。大哥、二哥一对眼珠，一把抢过月饼，也有滋有味吃起来，"让你分，一会都进你的嘴!"小三"嘿嘿"地笑出声来。

小三患过小儿麻痹症，左腿瘦一圈，也短下一截，一走路颠簸得厉害。小三脑子却灵，上课遇到难题，别的小伙伴皱眉头挠脑袋没人举手，唯独小三高高地举着小手，似面鲜艳的小红旗。一考试，别的孩子蔫头耷脑像着霜的茄子，小三每每兴高采烈地捧双百。老师惋惜地说："要不得这病，怕是一棵栋梁之材哩!"爹娘听后流下泪，左一声、右一声地叹。小三却挺着胸脯安慰娘："我能行!"

小三读到五年级，动起心思，不想念啦!爹娘问他，小三说要和二叔学手艺。小三的远房二叔是个铜匠，年年都来看哥嫂，大包小包地拎，临走时，还要给哥嫂扔下个三十、二十的。小三要学手艺，要挣钱。爹娘想想小三一个残疾人，也就点了头。

小三心灵手巧，两年下来，就把手艺学到了手，做那个烟袋锅，上面雕龙塑凤，有花有草的，三乡五里的大爷、叔叔们人人买一个，成天叼在嘴里，或在手里把玩，稀罕得就像得个宝。货不供求，许多人就提前订货。小三先五块，后五十，可还有人买。原料紧张。小三家小园里种满了窝瓜、角瓜、黄瓜等稀罕物，那时离村不远的蒙古营子，"文革"时期，扒了庙，却没毁佛，许多铜佛都散落在个人手里。小三就赶着毛驴车，拉着园子里产的东西，就开始换铜佛，蒙古牧民不会种这个，自己留铜佛也没什么用，就都换给了

小三。小三一麻袋一麻袋地往回换，原料充足，生意红红火火。

大哥、二哥念高中，学费全是小三出。每次放假，大哥、二哥就坐在小三的炉火旁，看小三熟练地往烟袋锅上绣花描云彩，目光中流露出艳羡的光。小三也很自得，心里说，念书能怎么，还不都是个穷学生。

十里八乡一宣传，小三就成了名人，有个姑娘看上了小三。开初家里不同意，说你一个健康的姑娘怎么找个残疾？姑娘说："黑猫白猫抓住耗子就是好猫。俺爱他这种有头脑的人。"

姑娘就和小三结了婚。婚后不到一年，就生了个大胖小子。小三一家喜得合不拢嘴。

一转眼，十几年过去啦，大哥、二哥大学毕业在城里安了家。日子紧紧巴巴。看见当下许多大学毕业生找不到门路，小三更暗暗地陶醉在自己的选择中，有事没事地让儿子学两手。

小三存几个钱，那年春节领着媳妇儿子和爹娘一同到城里来过年，小三对大哥、二哥说，钱不用你们掏，我出，关键要过出年的气氛。

大哥、二哥也喜不自禁，活动排得满满的，除了吃喝，还安排到几个景点玩一玩。后来，就到了博物馆，小三看见了馆里的小铜佛，"扑哧"一声笑，说这玩意还放这里做甚？旁边的保安"哼"一声，"那是文物，十万、八万都是它。"

小三一下哑了声，脸色灰灰的，大哥、二哥问他，他又说，没事没事。

回乡后，儿子有事没事往小三身边凑，边摆弄那把小锤子，小三一把夺过来，狠狠地说，"好好念书去，再动这玩意，老子砸断你的腿。"儿子莫名其妙溜进书房，不敢出来。

小三手里一个"佛"都没了，有的只是成百上千的烟袋锅。

在大板的街上号啕大哭

用妻的话说，张三和老叼是同性恋。

这话说得有些过，因为事实上，张三和老叼都是虎生生的纯爷们，没那个爱好。当然，这话也表明了张三和老叼的关系很不一般。

老叼是写诗的，张三是写小说的；张三在党校上班，老叼在草原站工作，有点不搭边。但占领他们大脑高地的那种叫"文学"的东西，就把两人"同城姻缘一线牵"啦！

每逢周日，老叼和张三都要在大板街上的小酒店里聚一聚。喝点酒，聊一聊，浮躁的心里感觉像用熨斗熨过一样，花个五十、六十的，很值。老叼和张三美其名曰："洗澡！"四周同事们都说老叼和张三"铁"。妻不理解什么洗澡？张三也不解释，是的，文学的语言，这些个不搞文学的人理解是有难度的。

这不，老叼的电话又来了，"嗨！来吧，老地方！"

这次聚会，张三和老叼谈论的话题范围很大，也很关注民生、以人为本的。先是从老叼的诗歌《爱你就要离开你》谈起，后来就延展至家庭、社会、金融危机、环境污染、反腐倡廉等等。无所不包。喝一杯酒，吃一口猪肘黄豆，老叼和张三争先恐后发表高见，当然也可能是误解。老叼32岁，大背头、丹凤眼，一说话，头发一掀一掀的，很吸引人。

若不是后来遇见张三的同学，也许就不会发生张三和老叼绝交的事。

后来店里走进一个人，就是张三的同学，和老叼一个单位。张三赶紧招呼一起喝一杯，同学也没客气，坐下和老叼碰酒时，却说，你的事，俺理解！老叼的脸色一下灰暗下去。

张三才知道，老叼离婚了，孩子也跟了女方。

同学有事走了。

老叼望着张三，喝一口酒，叹口气说："我呀，我……"

张三不相信老叼能离婚，老叼的女人是他大学同学，也是他们那所大学的校花，当初追求者有个加强排，是老叼的一首情诗俘获了女人的芳心。老叼说，现在女人变心了，跟一个开公司的同学走了，也领走了孩子。他去看孩子，孩子竟躲在门后不见他，还说，你没钱，看一眼给10块！

张三脸肌动一下，心里很不是滋味，也明白，老叼今天不是洗澡而是取暖啊！

张三举杯，默默和老叼碰一下，一口喝下去。

后来，老叼和张三相搀着走在大板街上，天已黑下来，没有月亮，街上霓虹灯闪烁，流行歌曲塞满大街小巷，奇装异服的男男女女往来如白昼。

张三打车送老叼回家。

可刚转进那条小巷子，身后却被人用枪硬硬顶住，"拿钱！否则打死你！"

张三双腿颤抖，头发根根直竖起来。

老叼见张三停住脚，回头一看明白了，也许是酒壮英雄胆，张三竟飞身冲上前，抓劫匪，劫匪撇下张三，与老叼撕扯起来，张三急慌慌跑向街角，拨通110……当张三返身看老叼时，老叼已被劫匪压在地上，抱紧劫匪的大腿大呼"快上，抓坏人！"

张三嘴里哆嗦着喊："枪，枪啊！"脚下却挪不动步子，

劫匪大喝，"放开，要不老子开枪啦！"老叼仍紧抱劫匪，大呼抓人。

这时，警察终于来了，上前制服劫匪。

结果却令人大跌眼镜，不是劫匪，竟是一个沉迷网络游戏的初中生，手里也不是真枪，而是一把玩具枪。

张三上前扶老叼，老叼一动不动，趴在地上，肩膀一耸一耸，含糊地说："我，我没喝多！"

一个初中生！

一把玩具手枪！！

张三觉得脸面火辣辣的，泪流满面。

老叼慢慢爬起身，放声痛哭。

在大板的街上，老叼和张三号啕大哭。

后来，张三和老叼再不聚会，见面也只是点个头。

妻说，咋？同性恋也失恋啊！

张三心痛，不言声，仅用小刀样的目光向张牙舞爪的妻子横劈过去。

驯 马

巴图早年读过几天书，后来却成为驯马高手。

巴图说过，宝马良驹乃驯化而成，决非天成。巴图还说过，天下没有驯不出的马，只有不会驯马的莽汉。巴图的马屡次在那达慕上摘金夺魁，他自创的驯马经也被牧马人奉为宝典，声名播于草原内外。

茶余饭后，众人面肃神凝，席地团坐，巴图"吸溜"喝一口奶茶，环视张张古铜色脸孔，便摇唇鼓舌，声情并茂大讲驯马经。

仔马两岁分群单饲，食槽每月要垫高两拳，这样马才能昂首挺胸，颈长俊美。马圈更有讲究，机关大焉！白日马粪不能扫除，尽管让马在上面站立吃草，这样马蹄才能长得丰满圆润，否则长成片状马蹄，马就不能跳高驰远。夜晚歇息，要把马粪清理干净，这样马的皮毛才能光滑无垢，鲜亮无味。

众皆点头，巴图声高打远，围者又添一层。早有人续上热腾腾的奶茶，巴图"吸溜"再喝一口，接着说。

马至 3 岁，要练走。选平整草场，驯马手掌控缰绳，不快不慢，让马找对步子。这样训练一个月，就要摆上椽子，不远不近，固定步伐。驯马手骑马跨越，马怕磕腿，前蹄深弯几近肚腹，后蹄自然跟近……时间一久，马就把这种步子固定下来。这样训出的马，跑动平稳，四个蹄子跑出两条直线，骑手若回视蹄花，千里马的蹄花必是 13 朵……

啧啧，啧啧！巴图每讲至此就咂咂嘴，想我千里草原，竟没有一匹千里良驹！

众人也齐齐摇头叹惋。

巴图驯马几十年，从未见过 13 朵蹄花的千里马。至多是 9 朵！唉——9 朵！

谁知，也就在那年3月，巴图真就发现了一匹千里良驹。

巴图和众牧人凌晨赶至牧场驯马，就见马群自地平线涌出，太阳恰挣脱草海羁绊，金色的光芒给群马披上了一层外衣。万马丛中，只见火龙驹通体炭红、长鬃披拂，一马当先向牧场驰来……

巴图面露惊喜，抚掌赞叹，好马，好马，真乃千里马也！

巴图从牧马人口中得知，火龙驹是野马，一夜暴风雨后，就混入马群之中，几天后就抢去首领地位。

火龙驹显然已过驯化年龄，巴图心跳加速，细细打量火龙驹，大喜过望——火龙驹腰身挺直，蹄大腿细，肌肉柔和健美，神俊异常……火龙驹真是天生的千里马！看来火龙驹的出现，可以弥补多年的憾事了。

训马先需吊马熟马，先要把马关进两丈高的围栏里，要饿。马饿一天，驯马者一手拿胡萝卜，一手拿笼套，多数马吃萝卜时就被套上笼头，相熟后被牵走了。也有不让戴笼头的，但因肚饥体乏，倒被几个蒙古大汉摁住套紧，再挽笼绳，早有骑手跃上马背，在众人哄笑声中，一圈圈转起来。顷刻，马力竭，只得温顺地向骑手伸出嘴唇。

巴图凑近火龙驹，火龙驹机警地踏起小碎步，试探着靠近吃萝卜，当见巴图递上马笼头，突然两耳一竖，触电般"咴咴"怪叫，两只前蹄亦直竖起来，骇得巴图远远避开。骑手们动手要抓火龙驹，火龙驹打响鼻，鬃毛乱拂，旋身凌空弹几个蹶子，场内尘土飞扬，几个骑手也退下来。

众人一时无计，就在栅栏外喝酒摔跤相戏。巴图每摔倒一人，都大声唱挑战歌，跳鹰之舞步……火龙驹竟停住急躁的脚步，打量得胜的巴图，目光渐渐变得柔和起来。

第三日，巴图走近火龙驹，火龙驹吃几口萝卜，竟主动把头伸进笼套里，伸舌头舔巴图手背，还用自己的毛脸蹭蹭巴图的光脸……巴图顺势跃上马背，打一声呼哨，栅栏外几名骑手会意，纵马飞驰。火龙驹亦撒蹄猛追，可刚跑出几里，竟气喘吁吁，眼看就被别的骑手甩在后面。巴图面露喜色，连连挥鞭摧马，火龙驹仰首长嘶，长鬃倒竖，若旗，仿佛凭空有股力量注入体内，几个飞跃竟冲在马队前面，一溜巨大烟柱被它甩在身后。火龙驹蹄声得得，极富韵律，若壮士击鼓，又似仕女弹琴。巴图沐浴春风，像扯帆行船，回视蹄花，赫然绽放的竟是13朵……

巴图喜不自胜，到达终点，滚鞍下马，颤抖着抚摸火龙驹额头，火龙驹却前蹄一软，跌倒在地。巴图大惊，定睛却见火龙驹嘴角涌血，瞬间洇红草地……眼见得就不能活了。

巴图方悟，火龙驹吊饿3天，体力不支，咬破血管才使呼吸畅快，挣下第一。

巴图双膝跪地，涕泪交流，火龙驹把巴图当朋友，却焉能料到，这个比赛只是巴图想杀去它的傲气。

巴图葬了火龙驹，再不驯马，倒是他的驯马经至今还在草原流传。

羊 殇

秀秀和花花上吊身亡，主人拍手跺脚深责是自己粗心大意造成的意外。而大青羊心底却掠过一丝无奈的苦笑，其实秀秀和花花早就有了死的念头。

前几日，秀秀和花花先后做了母亲，做母亲本是欢天喜地的事。而它们的宝宝却像是出了毛病——身子没筋没骨，站不起来，吃不上奶。秀秀急得伸长舌头，舔着宝宝早已干爽的羊毛，目光里满是鼓励。宝宝挣几挣，却还是在那尿窝里兜圈圈。秀秀急得跪下身，侧躺着，抬起后腿，将自己的乳房递上前。宝宝吮了两口，又蔫蔫地垂下头，大青羊看看秀秀筋骨裸露的脊背，心底又漫过一丝沉沉的痛。花花的宝宝像是好一点，挣一挣，四腿一挺，站了起来，可是刚走几步，便似断线的风筝，重重地栽倒在地，抢得满嘴都是羊粪和沙子。"咩咩"花花心疼地扑上前，也跪下身，将自己干瘪的紧贴肌肤的乳房递上去，宝宝吮几口，便"咩咩"地叫起来，像受了骗。花花愧疚地垂下头。不久，宝宝们便先后死去……秀秀和花花疯了似的。"咩咩咩"不住声地唤，撕肝裂肺，还竖起前蹄，撞围栏，犄角根渗出鲜血，点点红，极刺目。

大青羊看得惊心动魄，便预感到有事发生，便好想以前的日子。

那时的草原天蓝地绿，草场大，谁也甭想吃到边。羊们个个膘肥体壮，走进草场便淹没身躯。主人常常对着大地深情地吟唱："天苍苍、野茫茫，风吹草低见牛羊。"而如今大青羊的兄弟姐妹还有姑亲姨表亲数不胜数，似星星。走在草场，肩碰肩，膀对膀，拥拥挤挤总有一种窒息的感觉。草场吃出地皮，这儿一片绿，那儿一片白，像谢顶的姑娘。风一起，天地间灌满沙粒子，眯眼跑一天，也难吃上几口香嫩的草儿。

主人便叹，便把羊们长年圈起来。主人知晓羊们吃净草，用绳一束，棚顶一吊，供羊们你一口、我一口地品尝。大青羊勉强嚼两口，便懒得再张嘴，

无精打采地趴在地上。草已完全蒸掉水汽，一嚼，干涩涩的没滋没味；一咽，草茎卡得嗓子生痛。倏然，大青羊瞪大眼，"咩咩"地尖叫，羊们也随之惊叫不已——秀秀和花花双双把脖子伸入绳套，四蹄一蹬，身子便面条样地滑了下去……

大青羊的心底涌起阵阵哀伤，生和死的距离原来很近、很近。

那日，天空飘几朵云，有风，很凉，主人破例打开羊栏，大青羊率领群羊奔向草场。已是初春，触目皆绿，大青羊大踏步走着，却走不快——一个冬天，蹄子似穿上了高跟鞋，一走路，恰似踏上弹簧或海绵。但它的身躯中还是迸发出一股青春的、生命的活力。终奔上前，那绿，却是刚露顶便枯萎的小草，紧贴地皮，根本吃不到嘴。大青羊啃几口，竟弄了满嘴沙子，它"呸呸"吐着，又奔向远方那充满诱惑的绿……整整一上午，羊们也没吃上香嫩嫩的青草，却奔跑得益发筋疲力尽、饥肠辘辘。

"快走！快走"主人挥舞羊鞭，声嘶力竭地吼。大青羊猛然抬头，不知啥时？乌云已遮住太阳，直压下来。大青羊明白，主人是想让它们登上旁侧的山顶，于是率先跑去。山陡，羊们不便攀跃，主人挥舞羊鞭，不断催促。大青羊气喘吁吁地跑在前面，不时，就跌下前蹄。雨来得极快，一个霹雳，蚕豆大的雨点，便"噼里啪啦"地砸下来，砸得浮土腾起了轻烟。瞬间，雨点变成雨线，雨线变成雨帘，天河像似决了口，天地成了水世界。大青羊它们终于攀上山腰，拢在一处瑟瑟地抖，仿佛是一堆枯叶，随时会被这暴雨吞噬。主人泥塑样，看天、看地、看这风雨里哆嗦的羊群……雨越下越大。水挟泥，泥裹水，从山顶"哗啦哗啦"冲下去，好似给山拨了一层皮。霎时，浑浊发黑的水便涨满谷底，山洪像一头发疯的野牛，咆哮着、撕扯着，从两山的罅隙间涌出山外。"咩咩"大青羊惊喜地唤——脚下的草，因那泥土的离去，蓦然变高了。羊们似乎也发现了"新大陆"，低垂头，小心翼翼地啃，一下一下，竟连根拔起。"咩咩"大青羊又率先往坡顶那片绿逼近，羊群亦慢慢蠕动。倏然，大青羊失了前蹄，皮球地滚下来，眨眼便成了泥羊。客观存在挣了挣，却丝毫未起作用，几个跟头，便抛进汹涌的山洪……

"咩咩"群羊叫，似悲号。

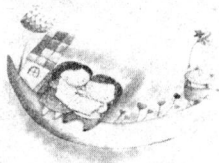

买 卖

　　巴林石石质温润、色彩绚丽，是雕刻篆刻之绝佳材料。其极品鸡血石更有"世界鸡血在中国，中国鸡血看巴林"之说，先是昂昂乎跻身中国四大印石之列，再是富了一方水土，养了一方人。巴林人靠巴林石腰缠百万者已逾百人。近年，石行中出了一个人尖子，此人姓刘名行，黄白镜子，八字须，眉宇双眸间流露一派儒雅之气。他识石眼毒，低价买，高价卖，从未失过手，可他有个毛病，他的石价封顶啦！别人极难再赚几个子；但若收藏，他的石头绝对值那个价。日久，石行中便有人说他"黑"，不知哪个聊斋杈子，缘黑而起，赏他个绰号"非洲刘"。

　　能人有怪癖，这刘行不爱烟，不好酒，就爱偕妻逛市场，妻也有怪癖，金项链不戴，却偏戴百八十元的鸡心坠。常常，妻小鸟似的偎住非洲刘，模特一样地从市场东头走到西头，又从西头走到东头。刘行在巴林石市场初闻绰号时，没急也没恼，很绅士。非洲刘就非洲刘。脚都没停，紧挽着花骨朵似的妻，不急不缓似首音乐。但非洲刘的脚步还是被绊住了，是他的本家三叔——三叔撑洋伞、摇蒲扇，优哉游哉，前面赫然摆个石头摊。

　　"三叔，你不观鸟、下棋、打太极，咋干这行？"

　　"嘿嘿，老有所为呗！"

　　"行行，恁大岁数，别淹着。"

　　"小子，别门缝瞧人。要知道姜还是老的辣！"

　　"好好！"非洲刘俯下身问"你这原石咋卖？"

　　"自家人，拿去玩吧！"

　　"看看，这叫做买卖！这跟自家人是两回事。"

　　"那给五块吧！"三叔笑着说："早晨有人给我二元，我没卖。"

　　非洲刘也笑，递过钱，急急地走了。

一日晨起，三叔边打太极边听录音机播新闻。闲云野鹤。忽然他停住手，耳朵仿佛被线牵着，人怔在那。好一会儿，他跌跌撞撞奔向非洲刘家——新闻说，非洲刘五元钱买原石，转手竟卖一百万。那原石包层石皮子，加工打磨后，竟是"鸡血王"。新闻还说，非洲刘是火眼金睛，识石识到石头里。

三叔进院时，非洲刘也正练习太极拳，舒缓有致，搭眼一看，便知是此道高手。非洲刘见是三叔，罢了手。三叔忙不迭地递上毛巾，讪笑着说："嘿嘿，小子你行呀！把咱的石头卖了100万！"

"哎哎，啥咱的石头卖了100万。"非洲刘握住三叔的手纠正说："是我把我的石头卖了一百万。"

"臭小子，那一笔还能写出两个"刘"来？啊！哈哈……"三叔拍着非洲刘的背，"大富翁，给我个十万、八万吧！让我的心里也平衡平衡！"

"哎！我说你这哪跟哪啊！你缺钱花，你张嘴，别跟买卖扯不清！"非洲刘声音拔个高，有点恼。

"咋？"三叔身体颤了颤，声音也了个高，"当我是讨饭的，俺退休金一月一千呢！找你要钱花，笑话！"

"你回吧！"非洲刘下了逐客令。

三叔也来了犟脾气，"扑通"一声双膝跪地，手指戳点着非洲刘说"你真黑心昧我的钱，你是我叔行吧？你咋不让我心静呢？"

"不给！"非洲刘也梗起脖子。

"咋不给？"

"你不识那石头，说白啦，就是给你一颗原子弹，你也得刺花！"

"这……"

三叔一口气没上来，头一歪，晕倒在地。

非洲刘手一挥，大大咧咧地说："送医院，花多少钱我出。"

送完三叔，非洲刘驱车回到店铺，喝口茶，长长吐出一口气。医生说三叔没事，休息一会就好啦！也许是福无双至，祸不单行。非洲刘见妻掂叠钞票，嘻咪嘻咪地偎过来，樱口一张"我'宰'了两鬼子"。非洲刘一愣。"嘻嘻，我卖了鸡心坠，净赚五千元。"这时，非洲刘才瞥见妻颈上那百八十元的鸡心坠不见啦。"净他妈添乱！"非洲刘甩个话，夺过钞票，兔子似地追出门外。追到车站，有人说那大鼻子上车去了赤峰。非洲刘又驱车追向赤峰。终于在赤峰火车站堵个正着。外国人听清翻译讲明原委，激动地握住非洲刘

的手，直喊"三块油。"非洲刘转身就走。走出老远，一回头，见那俩老外还冲他挥手，非洲刘也举起手，边挥边喊："欢迎你们再来中国，欢迎你们再来巴林草原！"

石行中有人说非洲刘赔啦！卖一送二。

非洲刘没急也没恼，脚都没停，紧挽着花骨朵一样的妻，模特一样地从市场东头走到西头，又从西头走到东头。

赛白努

　　草原人最看重的是那达慕，七月的草原草长莺飞、牛羊肥壮。三三五五骑者或吱呀作响的勒勒车便自四面八方聚拢而来……仅几日，就有十座、百座蒙古包白云般降落在绿草甸子上，牧人们见面一声"赛白努"杀羊喝酒，载歌载舞。好汉竞技，赛马、射箭、摔跤。草原沸腾了。倒是对每年的除夕不甚看重——天寒地冻，滴水成冰。牧人们大多在年夜里，早早给牛羊填好夜草，就和家人团团围坐在火炉旁，喝酒唠嗑，这在汉地也叫"猫冬"。远远的鞭炮声和闪闪的火光传来时，牧人们大多都打过了头更。可是后来，草原人为图热闹，每年初一也出来拜个年。常见一彪形大汉，头戴狗皮帽子，遮挡成一蓬毛球，反穿白茬皮袄，怀揣一瓶60°烈酒，挨家挨户去拜年。见面先喊"赛白努"，再摸出怀中酒瓶子，恭敬地捧给主家，主家也不客气，仰脖就灌，喉结滚动若蛤蟆叫。喝毕，却仍不还酒瓶，径直转到自家酒壶前，于是就有一线白直扑进酒瓶里，眼见得就灌满了。再捧还壮汉，右手抚心说声"赛白努"，深深地躬下身子。壮汉接过酒瓶，掖进皮袄，又大步奔向下一座蒙古包……一上午，壮汉返回时，怀中美酒飘香，酒瓶里酒水仍旧满满，年也就算过完了。

　　巴图每年都会拜年问好，大喊赛白努的。可是今年七月份，巴图参加赛马却坠折了腿，当时就被送进卫生院。谁知一查，巴图的病多得吓死个人。妻子参花直愣着眼睛，看医生掰着指头，酒精肝、糖尿病、高血压还有风湿。这腿呢！治好也是个残废。先住院治吧！要不命都难保了。巴图说我不住院，哪来的钱啊！参花说不行，马上住院，钱我想办法。参花回家处理了牛羊，就又折进医院，看见巴图不禁大吃一惊——短短三、五天，五大三粗的壮汉竟整整瘦下一圈。看着巴图毛团胡子和塌落的眼皮，参花的脑海里不禁闪过一幅画面：在一碧万顷的大草原上，群马擂鼓般驰来，一个威武雄壮的汉子，

抡圆套马杆，向马群冲去……参花觉得有泪水涌上来，却咬咬牙咽进肚里。挨到年末，巴图出院了，走路确实一瘸一拐的……参花没有扶他，只是在巴图后面拿行李。巴图走进医院里的阳光地里，双手一下就捂住脸，蹲在地上……有晶亮亮的水珠子从指缝间欢欢地涌出来。参花急急地走上来，嘴里喊，咋啦？一个大老爷们，迷个眼就这样！巴图旋即站起来，一瘸一拐，身前的影子也一瘸一拐地走向门外的马车。

住院期间，参花听巴图说过，马断前蹄，雄鹰折了翅膀，我们完了，治病花空了牛羊，连那达慕也甭想参加了。参花想要劝他，却一时又找不到合适的话题！但每当他哭，参花只是递上一块毛巾，睁大眼睛打量他，看他泪如泉涌。有人说参花，你咋这样？参花说，我真哭不出来。

回到蒙古包，天寒地冻，家徒四壁。巴图衣服也不脱，滚到床上，面朝里就躺下了。参花放下行李，手脚麻利地架好火炉，烧上奶茶。一会儿工夫，炉火红红地燃起来，水开了，一缕缕水汽浸润了包里的冷清。第二日就是春节了，年三十晚上，参花学汉人包了饺子，热气腾腾地端上来，说："吃吧！一个肉丸的！明天一早去拜个年，半年没见大家伙，人家每次见我都打听你哩！"巴图吃惊地望着参花，参花早提一只破铁盆子走出包外。霎时，响起类似汉地鞭炮的噼啪声……

天色明了，巴图起床到包外小解，他看到那只破铁盆子掉了底，不禁苦笑一下。参花也起了床，吃过饭，催促巴图去拜年。巴图皱皱眉，还是穿上白茬皮袄，戴上狗皮帽子。参花忙碌的双手却停在空中，脸色窘迫得煞白。咋啦？巴图说着话，却猫腰从床底下取出一瓶酒，放入怀里。参花急急地问，你买的酒，你……参花一下把头埋进巴图的怀里，泪珠也滚落衣襟。巴图抚着她的头，别掉金豆子啦！你不让我拜年去吗？参花抹把泪，又笑起来，红脸膛衬托的牙齿翠玉般明亮。

巴图在街道上每碰见一个人都喊："赛——白——努！"敬酒……踏进每一座毡包都大喊："赛——白——努！"敬酒，所有的人都笑容灿烂地喊："赛——白——努！"大口喝巴图的酒，并灌上自家的酒给巴图。巴图中午返家时，怀里揣着一瓶芳香四溢的美酒……参花奔上前，夺过酒瓶，喝一口，呛得直咳嗽，笑着，眼泪又涌出来了。

第二年7月，巴图参加那达慕，赛马，还获得了冠军。

许多年后，巴图和参花子孙满堂，牛羊成群。两个人都老了，参花说不行就不行了，竟走在了巴图的前面。弥留之际，参花眼睛盯着巴图，目光若隐若现有丝疑惑，你，你能告诉我，那瓶酒？

巴图泪流满面，巴图嘴角颤抖着说，我骗了你，那是我灌的一瓶水。

"赛白努！"一抹笑挂在参花皱纹层叠的颊上，凝固不动。

"赛白努！"巴图泪水汹涌，流过花白胡子，直冲入脚向的土地。

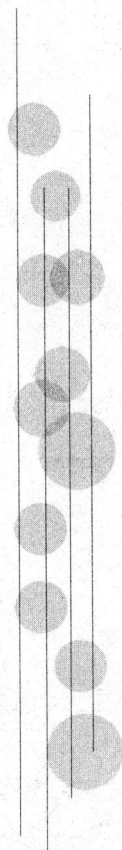

烟荷包

草原上的妹子若是看中了哪个汉子，通常会送他一个烟荷包。烟荷包配有五彩色绦，煞是好看。不同的是烟荷包面上的刺绣，有雄鹰、骏马、野狼，还有红花绿草，异彩纷呈。最大胆泼辣的妹子会绣上一对对大雁，那就是盼着望着想比翼齐飞啦！汉子收到烟荷包，会请媒人出面去提亲，三说五请的，就成了好事。也有长辈不同意的，却不知甜哥哥蜜姐姐早处得水乳交融，哪能分得开？结果会出事——妹子夜里跟定汉子，在父母的毡包前挂条哈达，就逃往天涯海角，郎情妾意永不分离了。

1937 年的春天，王府守卫巴图就收到一个妹子的烟荷包。那上面活灵活现绣着 6 只大雁：一对戏水玩耍、一对交颈呢喃，还有一对在引吭高歌……画面喜庆，巴图也乐得合不拢嘴，连胯下的红鬃马都被感染的点头摆尾，撒欢跳跃。

当然是值得高兴的——那送烟荷包的姑娘是塔娜，是这片草原最美丽的姑娘，更重要的她还是巴林王的女儿。有人戏谑说，真是穷小子攀上了富贵枝，叫花子拾到了狗头金啊！巴图却拨浪鼓似地晃脑袋，他说他喜欢塔娜，塔娜就是牧羊女，他也照样会娶她。

巴图四下里找媒人提亲，他们却又撇着嘴拒绝，不去，不去，我们可不想碰一鼻子灰！

死了张屠户，还吃带毛猪不成，巴图就骑着红鬃马自己去王府提亲，还自负地说，我要娶回塔娜，让你们看看！

谁知，巴林王听清原委，长脸一拉，勃然大怒……当即命人绑起巴图，搜出烟荷包，打了半夜，要巴图断了这个念头！

后来，巴林王还扣下巴图的红鬃马，撤了他王府守卫的职，告诫说，要想活命，五日之内，离开草原！

巴图不依，要马，王爷说，你走吧！省下一匹马，抗击小日本就多一份力量。

那时，日本兵已闯进草原，大佐欲占草原办军马场，巴林王却不答应，刀来枪往，势均力敌。日本人恨得牙根直痒痒。

巴图也没见到塔娜——塔娜早被王爷关在包里，派人看管起来。

已经是第三日了，巴图如热锅上的蚂蚁，一筹莫展。巴图想到的全是和塔娜的缘分，巴图没想到的是大佐竟会带人来找他。

大佐同情地看着伤痕累累的巴图，叹口气说，你的事，我都知道啦！

巴图也垂头叹口气。

大佐愤怒地说，巴林王真是太可恶！怎么说呢，宁破一座庙，不拆一桩婚啊！既然你和塔娜没意见，我看这事就能成！你说对不对啊！兄弟！

巴图摇摇头，不可能啦！

大佐腰杆子挺挺，拍着胸膛保证说，兄弟，有我在，这事没问题。我不但能让你娶到塔娜，我还能让你当巴林王！

大佐就贴着巴图的耳朵说了一通，哈哈大笑。

一箭双雕，消灭巴林王，塔娜和王位不都有了吗？巴图双目发光，抓稻草般地紧握住大佐的手。

黑夜幕布般罩住草原时，巴图和大佐带人冲向王府。大佐要走近路，巴图不依，必须逆风前行，要不没走几步路，就会被牧羊犬嗅到气味，暴露行踪。再说巴林王府装备好，有枪有炮还有雷，偷袭不成，恐怕连命都保不住。

大佐吃过亏，信服地连连点头。

果然，众人很顺利地逼近了王府院墙。巴图又悄声说，你们在此等候，我翻进开门。大佐要派人跟随，巴图制止说，一人就行，狗识我的味！

巴图影子般飞过院墙，躲过守卫，耳边却传来一声马嘶，巴图心里一热，知是红鬃马认出了他。战机稍纵即逝，巴图又欲开门，却见黑暗中红鬃马挣脱缰绳冲过来，前后左右围着他亲嗅。巴图一伸手，大惊，马脸上竟然有泪，巴图一下紧紧地抱住马头……巴图折转身，毫不犹豫地点燃了导火索……墙外霎时爆炸声不断，火光冲天。

王府里一阵忙乱，巴林王率部冲出，见日本兵早被炸得七零八落。巴图也溜出来，却被一截身体绊倒，竟是大佐，被炸进墙内，尚在残喘，一把拉住巴图问，为，为什么？巴图附耳悄言……大佐一蹬腿，面色平静地绝气而亡。

巴图冲进塔娜的包，塔娜一下扑进他的怀里……良久，塔娜推开他，厉声问道：是你引来的日本人？巴图点头，说，我，我爱你！塔娜侧耳听听帐外，又问，是你点燃了导火索？巴图又点头，说，红鬃马都能认出主人，何况我堂堂的七尺汉子。我后来对大佐也说，你看错人了，我是草原人！

塔娜破涕为笑，猛然拉起巴图，说，我们，我们趁乱走吧！

巴图说，不，我还要找到那个烟荷包。

塔娜说，来不及了，被王爷发现就脱不开身啦！

打扫完战场，巴林王看到毡包外飘扬的哈达，急急命令道，快，快去追回他们。我同意啦！看着卫兵疑惑的眼神，巴林王摸出那个烟荷包，神色黯然地说，痴情的娃啊，除不掉日本人，草原不太平。我咋，咋舍得嫁你出去呢！

卧 羊

车子驶在草原上，颠抖微微。映入眼帘的是成群的牛羊，黑的、白的、黄的、红的，个个滚瓜溜圆。阿爸驾驶车子，双眸盯视前方，我看着他胡茬子泛着的青光，小心地问，爸，爷爷给我们卧羊吗？阿爸皱皱眉，眼里漫过一层冷气，我赶忙封上嘴。我知道，最近阿爸的心情不顺，弄不好，我还会挨扁。

前天，妈妈拎着大包小包离家再没回来，那时妈妈神情憔悴，两眼红肿得像灯泡，我抱紧妈妈的腿，要跟她走。妈妈硬硬挣脱开，眼泪却"噼里啪啦"直往下掉，我会来看你的，你跟他了。我还是不依，爸爸却抄过我，抢起了巴掌……我不知他们为什么分开，我只依稀记得他们跳脚争吵时，妈说爸爸犯事啦！

其实阿爸跟我说过卧羊的事。阿爸说起卧羊时，眉飞色舞，唾沫星四溅。

阿爸说他是那片草原第一个中专生，他18岁考上中专时，爷爷看到大红的录取通知书，合不拢嘴，满脸布满一道道的皱纹。后来，他骑上马，拿着通知书，访问了草原的每一座毡包，爷爷挥着手，大大咧咧地邀请其他牧人，我卧羊，吃手把肉，喝烧刀子，不醉不归！

爷爷是卧羊的好手，阿爸举着两个指头，你爷爷卧羊不见血，扒皮不用刀，唉，怎么说呢！阿爸撮着牙花子寻找合适的词语，喔！叫温柔一刀，麻利着哩！先放倒羊，在肚皮上切个小口，探手扯断动脉，羊就闭眼走了。再挂起扒皮，一扯就下来了……庖丁解牛不过如此，唉！那香气四溢的手把肉……阿爸说到这，常常就微闭双眼，鼻子仿佛嗅到了那气味，美妙的不行。不绑羊呢？妈妈问。不绑！爸爸解释说，绑上，羊的魂就上不了长生天啦！

考上学，也就离开了草原。十几年，忙啊！后来，就是我升上乡长时，回去时，你爷爷又给我卧了一只羊……阿爸的眼睛望着窗外，看出了好远、好远。

在我7岁的履历里，我从未到过草原，我也从未见过爷爷卧羊。

爷爷见到阿爸，只是相互点点头，爷爷，我怯怯地喊一声，哎！爷爷应着，大步走过来，拦腰将我抱起来，我和爷爷并不熟，只在我家的高楼里来也匆匆，去也匆匆，见过有数的几次。爷爷眼睛看着我，高兴地说，小子，又胖了！我嗅倒，爷爷身上有股浓浓的烟味和汗味。

喝完茶，一阵困意袭来，我倒在榻上，渐渐睡着了。

依稀听见爷爷和阿爸有一句，没一句的对话。

孩子我会侍候好的！你投案吧！

嗯，联系了！阿爸！阿爸！

……

后来，我醒了，包里却一个人也没有，我急急地走出来。

却见爷爷和阿爸正在卧羊，羊已杀死了，爷爷正在扒羊皮，我欢欢地跑上前，又害怕身边的牧羊狗，爷爷笑着说，来，来看看，你不早想看卧羊吗？我说，我怕狗！爷爷说，别怕，狗都认识你啦！见我不解，爷爷说，你身上有你爸的味！我还是不懂，走上前。见爷爷提着刀，从羊后腿扒皮，爷爷弯着腰，红头涨脸，满头大汗，像只大虾。地上确实没有血，可是爷爷却在用刀，一下一下划下去，很慢，很慢……爷爷老了。爸爸要替爷爷，爷爷长叹一口气，你歇歇吧！你哪像个牧人哩？

我看见阿爸的眼里竟涌出了泪……

第二天早晨，爸爸早早起了床，要我听爷爷的话，要念好书，他要出远门，可能要过很长时间来接我！我只是点头，爸爸抱起我，还用他那满是胡茬的脸亲我，都弄疼了我。

爷爷对爸爸说，快走吧！

爸爸渐渐消失的远方，我听到警笛的鸣叫声……

爷爷抱着我，久久拿不回目光。

听话啊！

嗯！

爷爷，啥时还卧羊？

等你考上学！

还有吗？

等，等你升了官！

我不敢问了，我看见，爷爷的眼里涌出了泪……

三公主的箭

　　草原尚武，男女老幼，皆能骑马弯弓。巴林三公主不爱红装爱武装，久与王爷演习武艺，竟成神箭手。人亦出落的若草原山丹花，英姿飒爽，动静有致，声名播于草原内外。

　　时有阿旗王派使者前来提亲，巴林王婉拒，问三公主姻缘所托？三公主答：比箭招亲。

比　箭

　　三公主比箭招亲，草原好汉马蹄裹风而至。巴林王宣布：胜者成亲，败者则输百只绵羊。秋季围猎在即，王爷以七日为限。眼见七日将尽，公主羊已成群，而各部好汉竟无一人技压三公主。众皆沮丧。第七日，却见一蒙古壮汉，跨匹乌龙驹，赶一群绵羊远远而来。草原各部好汉重振士气，拭目以待。

　　第一局，三公主一箭射中靶心。壮汉面露不屑，一箭飞出，竟射落靶心。同是十环，平手。

　　第二局，壮汉一箭飞向天空雁阵，大呼："射母雁！"三公主娇喝发箭："何必杀生！"箭竟后发先至，射落壮汉羽箭，齐坠尘埃。依然平手。

　　第三局，三公主发箭射落50米外柳叶，飞马接住。壮汉一箭射中柳叶，摧动乌龙驹来接，马却失蹄，跌翻壮汉，壮汉恼羞成怒，拔刀直刺乌龙驹。

　　三公主振臂飞矢，壮汉手中蒙古刀"呛啷"落地。壮汉拜服在地，愿终生对王爷公主效犬马之劳。

射　虎

秋季围猎，一吊睛猛虎蹿山跳涧扑向三公主，三公主坐骑挪不动半步，远处部众救护不及。三公主连发三箭，却箭箭射空。猛虎高高跃起，血盆大口，仿佛能吞海吃山。危急中，壮汉一箭射入猛虎前额，猛虎倒地。众皆呼好，声震山巅。声音未落，忽见山巅冒一旗角，瞬时，山头，树上皆现阿旗兵众。一声呼哨，排成整齐方阵，摇旗鼓噪，与巴林部众对峙，一触即发。

伏　兵

壮汉摧动乌龙驹，旋风般立于阿旗部众旗角，壮汉朗声问："三公主，汝为何不嫁阿旗王？"三公主瞬间明白，原来壮汉就是阿旗王。三公主说："自古肉食者鄙，无勇无谋。"阿旗王朗然大笑："一孔之见，今日，本王就擒获巴林部众。汝焉敢再言勇谋？"

壮汉举起令旗，巴林王和部众也欲纵马挥刀。三公主拈弓搭箭，一箭射落令旗。壮汉再欲喝令生擒三公主，三公主电光火石般连发两箭，一箭射落壮汉盔缨。再一箭，射中发髻，竟不坠。壮汉大惊，滚鞍下马，纳头便拜！谢三公主不杀之恩！

发　簪

三公主奏请巴林王，欲嫁阿旗王。巴林王言，不要忘记比箭之约，阿旗王纵然救你一命，可他欲伏击巴林部，也只能功过相抵。三公主言，儿正履比箭之约，其实在射虎之时，阿旗王已然胜我。

巴林王允诺。

阿旗王与三公主成亲，草原欢庆。

大婚时，部众们见阿旗王的发簪竟是一只羽箭。是三公主的箭。

后来草原几十年不起刀兵。

跑　青

　　春三月，草原尚未落透雨，草却在暖阳的照耀下，悄悄地露出头来。不长，都紧贴地皮。羊儿吃了一季枯草，空气中嫩草的气息和满眼的绿色，令它们躁动不安。这时，牧人若打开圈门，羊儿会蜂拥而出，赶往草场，扑向绿色。谁知草不及齿，又前呼后拥奔向远方。吃几口，回望，又折回来……草原是谓"跑青"。这时，有经验的牧人会喝住羊群——草不够吃，这样跑，胖羊会掉膘，瘦的会跑死。有经验的牧人先会在圈里喂羊干草，出圈要控制住头羊，把羊圈在阴坡上。阴坡里有枯草，也有青草。羊儿吃青草时，就夹杂把枯草也吃下去。既尝鲜，亦能吃饱，成了一顿夹心饼干餐。

　　也是暖阳，也是满眼的绿色，老牧人牵定头羊黑头，身后随一群羊，跑青。

　　老牧人古铜色面孔，一蓬花白胡须，身背马头琴，腰挂酒葫芦。老牧人眯眼瞭望远远近近的绿色，嘴一咧，笑了，皱纹就波纹一样漫开来，老牧人抿一口酒，恍惚觉得一如40年前春日的模样。

　　辽阔的草原深处，传来姑娘的歌声……老牧人见一青皮后生，兴奋地喊叫："诺恩吉雅！诺恩吉雅！"跟头流星地奔向姑娘。

　　那姑娘明眸皓齿，顾盼生辉，美得令人心醉。回首见到后生，娇喘着跑上前——两双手紧紧地握在一起，两双眼睛溢满水样的温柔，很静，连头上的海东青亦凝住，不动翅膀，悬在空中。

　　"咩——"黑头却叫一声，老牧人急急示意黑头，住嘴。

　　后生对姑娘说："跟我走吧！"

　　姑娘俏脸泛红，摇头。后生急得涨红了脸，说，你不爱我？

　　姑娘还是摇摇头，后生急切地问，为啥？

　　姑娘垂头，脸颊上现出迷人的酒窝，轻轻地说："我要做拴马桩，把你这匹生个子马拴在草原！"

后生激动地双臂抱起姑娘，转圈，姑娘银铃般的笑声弥漫开来，空中的海东青扇扇翅膀，也围着两人盘旋低飞。

老牧人轻叹一声，对黑头说："黑头，你知道那姑娘吗？"黑头嘴里咀嚼着夹心饼干，含糊不清。

老牧人再抿一口酒，脸色酡红。

那姑娘叫诺恩吉雅，是大牧主巴图的千金。姑娘生得美，远近闻名，求慕者很多。那后生呢！是巴图自汉地请来的木匠。

本来，木匠答应一个月的活计，后来却慢下来，工期也没了头。

一个星期，木匠破好木材；两个月，木匠才打好箱柜的大框；第三个月，木匠又细致地往箱柜的上面雕刻绿草鲜花……

主人巴图很急，你说，你说，说好一个月的活，这工钱咋算？

木匠却说，工钱我可以不要，但我的活计要做好！

巴图的嘴就又咧开了。

其实木匠是跟诺恩吉雅好上了。

诺恩吉雅试探地问父亲，说，木匠的活赛白努！巴图摇头，说，一个汉人，草原的生个子马，没用！

木匠还做木匠活，间歇，还去牧场挤奶、拴羊、喂羔子……

木匠活计做得挺欢实。

也就在那年春天的三月，跑青时节，诺恩吉雅全家去祭敖包，羊在圈里被青草蛊惑的大声号叫。木匠看看远远近近的绿色，敞开羊舍，羊儿奔涌而出……

"咩——"黑头又叫，仿佛对绳子的束缚感到不满。

老牧人扯扯缰绳，苦笑一下，兀自言语，"唉！真笨！放羊拦住头，放得满肚油；放羊不拦头，跑成瘦马猴。"

诺恩吉雅一家回来时，那群羊十之七八倒在地上，肚胀如鼓……原来羊群冲出圈门，奔向青草，吃几口，就跑，个个气喘吁吁。木匠见势不妙，急着大嚷，咋办？咋办啊？拼命拦截，却遏制不住群羊疯狂的奔跑……后来，人和羊都筋疲力尽，瘫软在地。

巴图勃然变色，小木匠，你快滚！

诺恩吉雅哭成泪人，替木匠开脱说，他是为我，才让羊跑青的！也怨我，没告诉他别放羊！呜呜！

巴图脸似猪肝，抽出马刀，"砰"地砍进木匠的木凳里，你是坏我家财的丧门星！要不白刀子进红刀出啊？

小木匠还是走了。

不久，巴图把诺恩吉雅嫁到远方，小木匠听闻消息，骑马追拦婚车，却被新郎打翻在地，马亦脱缰，跑向远方。诺恩吉雅逃出婚车，众人围追，竟慌不择路，纵身扑进汹涌的老哈河……

头上的海东青叫一声，扑向远方，也许去捕获猎物了。

老牧人取下马头琴，黑头和羊群还在吃夹心饼干，一如40年前那个慌乱的春日……

草场深广无边，远远近近，绿色迷眼。

黑头和群羊停住嘴，反刍，谛听。

老人拉起马头琴，苍凉的歌声响起，直震大野：

> 老哈河水长又长
> 岸边的骏马拖着缰
> 美丽的姑娘诺恩吉雅
> 出嫁到遥远的地方
> ……

老牧人就是当年的小木匠，他遍寻诺恩吉雅未果，就来到草原，终身未娶。

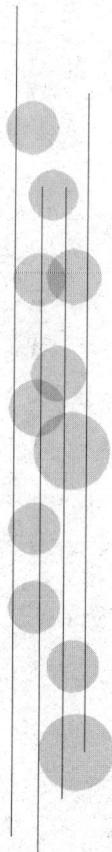

天　堂

刘文章骑着马出现于城市公园的门口时，一下子就吸引了人们的目光。那匹马通体雪白，站在公园外的草坪里，阳光一抹，昂首摇尾，神俊异常，宛如神话中的天马。

刘文章下马后，身边竖起一块牌子，上写：照相五块！

现在的家庭一般都有照相机，和动物照相不是什么稀奇事，上动物园就行了。可公园里的动物们天天蔫头蔫脑的，像患了痴呆症，看着都让人扫兴，哪有这马的精神劲。

一个虎头虎脑的小男孩身子一蹿一蹿的："我照！我照！"

"别照，看这牲畜摔到你！"小男孩被妈妈拉住了。

刘文章赶紧笑着解释："这马老实着哩！绵羊啥样它啥样！你看。"刘文章边说边摸了摸马鼻子。那马看看刘文章，并伸出嘴唇去舔刘文章的手掌。

小男孩的妈妈笑了："看它的眼睛像水一样，还真可爱呢。那就照一个？"

刘文章把小男孩抱上马背，笑着说："狗笑尾，马笑唇！他好着哩！"

小男孩背着手臂，再用力高高往上翘，像给白马安上一对翅膀，喊着："飞喽！飞喽！"刘文章按下快门，相片一出来，真挺威武的。下地的孩子还是把手背在后面，向前跑："飞喽！飞喽！"

人们看了也来了兴致，有人还从门口的剧团里借来几套服装、道具。男人就穿武士的服装，抡刀舞枪，摆出冲锋的架势，颇具男子汉气概；女人则穿长袍、挥水袖，团扇遮面，与胯下白马相映成趣，阴柔中又透出一丝阳刚之美。

一上午，刘文章忙得脑门挂汗，脚跟打屁股。当然，腰里的钱包也气吹似的鼓胀起来。

中午要收摊时，小男孩拖着妈妈的手来了。

刘文章问："你还照相？"

小男孩妈妈说："他要骑一圈！马倒是挺老实的！"

刘文章说："行，不过……"

小男孩的妈妈顺着刘文章的手指一看，见前面竖起的牌子后面，还有一个牌子，上写：骑马十分钟，二十元。

小男孩的妈妈笑笑说："钱不是问题！骑吧！"

于是，刚要散去的人又都折回来。

一圈一圈地骑马。

白马累得身如水洗，毛都贴在身上，没了刚才的神采。

第二天，刘文章的老婆就来帮忙了。那是个胖胖的女人，一见人就笑，很温和的样。两口子先组织人照相，照一上午，再张罗骑马。

一时间，刘文章的这匹马成了公园里的焦点。

这天，一个年轻人扶着一位老人来了，年轻人对刘文章说："这是我太爷，年轻时骑过马扛过枪，现在退休养老，老觉得憋闷。听说你这马老实，我带他来骑骑。"刘文章赶紧和年轻人把老人扶上马，老人骑了一圈又一圈，高兴地"呵呵"笑，精神好多了。

年轻人临走时和刘文章相约，周日的时候还带爷爷来骑马。刘文章连连说好。

周日，年轻人带老人来了，只见刘文章一个人在那，却未见到马。

年轻人很奇怪："马呢？"

刘文章低低地说："放啦！"

年轻人不解："放啦？那可是你的摇钱树啊！"

刘文章说了声抱歉，转身就走。

老人却颤抖着拉住他，问："为什么？"

刘文章只好谈起这匹马的来历。

那年，我去草原贩牲畜，在暴风雪的路上拾到了一匹冻僵的小马。我救活了它，一口一口地喂大，因此它跟我特别亲。回来后，从没带它回过草原。这回挣了钱，我就带他到五十里外的草原去了一趟。你们猜怎么着？

刘文章说到这里，嗓音发颤，有些哽咽。

年轻人和老人都睁大眼睛听着。

　　刘文章说："马群跑过来时，白马眨着睫毛，大睁着眼，眼珠都不错啊！马蹄声震得大地直颤，那马的身子也跟着颤抖起来，马群跑过去后，它的眼睛里竟流出泪来，像人似的，成串的泪水呀！"

　　刘文章抹了一下眼睛，我当时二话没说，就解开它的笼套。它在我掌心摩挲了几下，长嘶一声，飞快地冲向草原，冲向马群。

　　老人喃喃着说："草原才是它的家啊。"

　　刘文章点点头，眼睛久久地望着草原的方向。

情　歌

年轻的王解放盼望着天黑，可日头却悬在头顶似动非动。

王解放看见打草的牧民一前一后，打对骟，骟刀的啸声此起彼伏，草茎齐根倒下，汁液染绿刀刃……王解放在打单骟，打完左边，再返回草场尽头，打右边。

打草人的腰间围块羊皮垫肩，骟杆碰晃能护住肌肤。王解放腰里没有羊皮垫肩，打了几遭，腰像被毒蝎子蜇了，一碰，疼痛迅即咬遍全身。

王解放下放到蒙古营子 10 天了，可他却觉得漫长的好似 10 年。

牧民们嬉笑着说他是嫩条子是生个子马，打草也不愿和他搭架子。

胡子花白的嘎查达，伸出大手摩挲着王解放的脑袋，笑着说，你打不了，打多少算多少吧！

王解放不服输的脾气上来了，瞪起眼睛，偏打，还要比你们打得多！四周围观牧民们都不以为然地笑了。

王解放就这样把自己挂在架子上了。

王解放咬着牙打完两遭，觉得两条腿被灌了铅，两只手全被骟杆磨出血泡，可四周的牧民却有说有笑，不紧不慢，一刀一刀，极富韵律……

我真是个废物。王解放心里骂一句，就开始盼着天黑。

城里的家早没了，爸爸被关在牛棚批斗，挺不过，上吊死了，妈妈听到也服毒自杀了。以前的日子不会回来了，王解放梦里常梦见，爸爸妈妈与王解放坐在饭桌前，边吃饭边听爸爸讲战斗故事……醒来时，王解放的枕头都能漂起来了。

王解放抹抹眼睛，太阳终于坠落到草原的尽头，夜的幕布悄然拉开。

牧民们散工了。

慢慢往回走的王解放心里很平静，他看到牛羊哞叫着回到棚圈里，空气

中充溢着牛粪火烘出的炊烟气息和奶茶的芬芳……这一切，将永别啦！

王解放盼望着天黑，天黑后，他就能跟爸爸妈妈见面啦！

同来的知青请假进城探亲了，包里冷冷清清，就王解放一人。王解放没做饭，就磨起骟刀。霍霍的磨刀声让王解放很兴奋，后来王解放顺手从地上捋起一根草，轻触刀口，草斜斜飘向两边……别了，一切将永别了。王解放拿起刀正欲往脖颈触去时，嘎查达却掀帘走进来，花白胡子哈哈笑着，你小子真会省，怎么连灯都不点？嘎查达端来一碗热气腾腾的奶茶，还带来两块香气扑鼻的风干肉。王解放情绪一时调整不过来，怎么怎么？嘎查达却大声命令说，你快吃啊！吃完出去撒撒欢，别圈在这里装笨骆驼！

这时包外已是人声鼎沸。

嗯，吃点东西上路也不错！王解放下刀，心里打着算盘。

嘎查达拖着王解放赶到包外时，篝火已燃起来，牧民们手拉着手，在篝火边又唱又跳。嘎查达一推王解放，早有人拉住他旋转起来，王解放也唱也跳，兴奋得都流出了眼泪，王解放想这算不算他最后的舞蹈呢！

这时，嘎查达走进场，嘎查达说，大家静一下，让我们的草原百灵鸟给大家唱支歌吧！

叫好声骤然响起，王解放知道唱歌的姑娘叫塔娜。

塔娜身着盛装走进场内，这时月亮东升，草原沐浴在牛乳般的月光里。塔娜的歌声响起，向四野扩散……四周一片沉静，只有篝火的余烬时不时炸出火花，王解放听不懂歌词，但那曲调却一下打进他的心里。在塔娜的歌声里，王解放仿佛看到一幅画：一望无际的草原，绿海无边，红艳艳的山丹花傲然绽放，美丽的牧羊姑娘，脸映得红红的，正抱着羊羔，迎向纵马而来的情郎哥……

许多年后，王解放再一次来到草原寻找塔娜。

王解放后来回城办企业，身价逾亿，老伴先他而去，两个儿子为财产闹上法庭。74 岁的王解放觉得自己老了，身心疲惫，对任何事都觉得没意思了。但在漫长的岁月里，那支情歌却始终回响在他的心间……

草原早已物是人非，王解放费了很大周折才找到白发苍苍的塔娜。两位老人相拥而泣，彻夜长谈。后来，塔娜说，你知道吗？你那回想不开，是嘎查达救得你。王解放笑笑说，但真正救我的是你的那支歌，几十年来，这支歌始终在我的心底响着哩！这支歌让我看到了生活的美好。

乳香飘

塔娜和王解放手拉着手，互相瞅着，笑着，脸上的核桃纹一圈圈荡开。

塔娜说，这也是嘎查达安排的，要不谁在大忙季节还有闲心开篝火晚会呢！

王解放不言语，他觉得被一种巨大的温暖包围着，心慢慢提升起来。

塔娜轻声唱起那支歌。

王解放也唱，还轻轻打拍子，慢慢合上眼皮……

王解放睡过去了，脸颊上挂抹永恒的笑。

梦中的额吉

阳光打进毡包时，巴图睁开眼睛，嘟着嘴，很不高兴的样。8岁的小姐姐图雅问，怎么啦？尿床啦？巴图不高兴地翻翻眼皮，没有，你不说人家是男子汉了吗？图雅步步紧逼地问，那嘟啥嘴？巴图叹口气说，又没梦到额吉，你呢？图雅好看的嘴角扯起来，拉着长声说，你——起——来，我告诉你！

巴图顺从地爬起身，手脚麻利地穿着衣服，边急急地催促，快说，快说。

图雅的大眼睛望着天窗，长长的睫毛忽闪忽闪，图雅诗人般叙说，我梦见了蓝天草原和成群的牛羊，额吉穿件蓝色的袍子，满面笑容地喊我的名字，向我跑来，她抱起我，一圈一圈地转圈……就这样，图雅说着就抱起巴图，一圈一圈地转起来，巴图和图雅的笑声传出包外。

阿爸端上奶茶和糕饼，巴图数数，再数数。巴图说，阿爸，你少拿一个碗！阿爸古铜色的脸孔里显出疑惑，图雅说，是不对，你少了额吉的碗了。图雅说着溜下床，拿过一个碗，倒上热腾腾的奶茶，说，这是额吉的。巴图快来一起吃。巴图走过来，要跟图雅换位置，图雅说你又调皮，在那还不都一样？巴图指指那只碗，说，我挨着额吉，我挨着额吉。

阿爸就知道孩子们又梦额吉了。

阿爸起身走向包外，初升的太阳打在牛乳般的晨雾里，草原就像坐落在一幅油画里。阿爸再次收回目光时，泪水已打湿衣襟。

时间过得好快呀，3年前，额吉拉过5岁的图雅，额吉慈爱地抱着图雅，用手抚摸着图雅的小脑袋，好久，好久。

额吉说，图雅听话吗？

图雅奶声奶气地回答，听。

额吉说，图雅答应额吉一件事吧？

啥事？

你，你能帮我侍候好巴图吗？

能！我能！

图雅看看静静睡熟的巴图，又抬头看看额吉。额吉又说，额吉要出远门啦！

多长时间？

很长，很长……

你啥时回来？

我？你听话，我就会回来的。

额吉就走了。

春节转眼就到了，巴图吵着见额吉，图雅认真地对他说，你听姐姐的，别哭别闹，额吉到时就回来了。还会梦着额吉哩！你就是不听话，才梦不着。

巴图就板着小脸，一幅听话的样子啦！

吃完年夜饭，阿爸悄悄来到包外，摆上一碗饺子，又燃起一炷香，阿爸跪倒身子，阿爸说，你还好吗？我和孩子们都好……话未落音，图雅和巴图忽然站在阿爸身后，图雅高声责问，你在做什么？额吉会回来的，你这是做什么？额吉会回来的。

巴图趔趄上前，一脚竟把那碗饺子踢飞了。

阿爸回过神，阿爸看着图雅和巴图愤怒的眼神，忽然上前，一边踢那饺子，一边说，对呀，对，额吉会回来的，听话，额吉就会回来的……

巴图和图雅转涕为笑，巴图说，快睡觉去，这次，我一定会梦着额吉！

图雅和巴图就拉着手走进包里。

阿爸停住手，3年来，他拒绝了所有媒人的提亲，他和图雅巴图一起盼望着，他们的额吉能回来。

其实，额吉3年前肝癌晚期，医生说，只有一个月的活头了。额吉那天早晨离开家时，就给阿爸留下条子：苦了你啦！别让孩子们告别我的尸体啦！我去罕山，死了，就让野狼和神鹰带走我吧！

阿爸推开包门，在温暖的灯光下，他看到图雅和巴图都睡熟了，两个小脑袋挤在一起，小脸上都挂着甜甜的笑，也许，他们在梦里又梦见了额吉……

阿爸躺下身，闭上眼睛，思绪也悄悄向孩子们的梦中而去。

马 殇

　　长风浩荡，绿草漫卷，马群埋头吃草，躲避着搏克手的目光。搏克手站在高冈上，叹气声飘散在风里……怅惘良久，搏克手惋惜地说，难道真没有千里马？

　　与倭寇大战在即，巴林王早逃到关内，搏克手却悄悄留在草原。巴林王说，死路一条啊！搏克手说，我知道，可我是搏克手。

　　搏克手已在草原马群里盘桓了3天。

　　草原上的千里马向来可遇而不可求。有的千里马未被主人发现，就淹没于绿草清风里；有的虽能扬名立万，驰骋万里，但树大招风，甚至还未体会到爱情和家庭的滋味，尸体就横陈于暗箭下、陷阱里。

　　马群里的马也许都达成共识——别做千里马。

　　失望的搏克手转身欲离去时，马群中却走出一匹跛脚马，挡在搏克手面前。

　　群马的头垂得更低了。

　　有风拂动搏克手的盔缨，搏克手眼睛雪亮，但心里却存有一丝疑惑。你，你是千里马？搏克手也知道可能是跛脚马矮矮的腰身，致使自己忽略了它。

　　跛脚马抖鬃摇尾，身材蓦然升高半尺，仰颈长嘶，声震天空……一时，引得万马齐鸣，天空雁阵乱形惊飞。

　　搏克手惊喜过望，就和跛脚马进行了一番对话。

　　搏克手问，你，你难道不怕死吗？

　　跛脚马说，是千里马就应驰骋疆场。

　　跛脚马问，巴林王逃到关内，你为什么不走？你难道不怕死吗？

　　搏克手豪气干云，哈哈大笑，是男人，就要冲锋在路上。

　　早已按捺不住驰骋激情的跛脚马腰身一踏，搏克手顺势跨上马背，一时，风驰电掣，搏克手伏在马背上，说，你叫追风驹吧！

跛脚马说，不，搏克手，我还是喜欢叫跛脚马！

后来，搏克手骑着跛脚马取得了一连串的胜利，但在最后那一役中，却损兵折将……多亏跛脚马驮定搏克手，冲出包围圈，却又被追兵逼进绝路。

跛脚马望着无底宽阔的深涧，盘旋转圈。

搏克手却力歇摔下马来。搏克手望望潮水般的追兵，说，早知会这样的！你快逃命吧！

搏克手边说边吃力地向悬崖边爬去。搏克手说，我不能被俘，我是搏克手！

跛脚马站立不动。

搏克手转过脸，又说，要不你就投奔他们吧！凭你的能力，你会受到重用的。

跛脚马说，不，我是千里马，我还要驮着你前行。

跛脚马盯住搏克手，一人一马的对视中，搏克手缓缓爬上马背，跛脚马嘶鸣一声，高高跃起一条弧线，跌进山涧……

电视里的音乐很悲壮，惊愕的人群渐渐变小，一座人和马的塑像却自山涧中缓缓升起，占据了整个画面。

我向来觉得电视动画片是小儿科，今天，我却看得泪眼漭沱。

初升的阳光打在墙上的照片上，照片上的我——头戴博士帽，在红日里笑容灿烂。我还是划燃了一根火柴，照片就一点点萎缩下来，终于成了灰烬。

我好想好想以前的日子，我设计的图纸一次就通过专家的审批。可是，可是……

良久良久，我拨通了一个号码，一阵刺耳的警笛声远远而来。

365个日夜的心惊肉跳……今天，我的心里却出奇的平静。

可是，可是，

我还是搏克手吗？

我还是千里马吗？

泪水不禁夺眶而出。

放马的汉子

工头初识巴图，初识那个放马的汉子，是在工地上。

当时，机器声震颤地皮，民工们来往忙碌，汗出如浆。

人群里，一条大汉，推车砖，健步如飞，嘴里还好似哼着歌，却听不清楚。近前，工头见其粗胳膊粗腿，古铜色皮肤，脸孔却生一双小眼睛。很小。一笑仅存一条缝隙！

有人叫过大汉，向工头介绍说：头，草原来的，叫巴图，原先是个放马的！

巴图抹把汗，脸上落道黑，冲工头问好。

工头招呼大家休息，抽一棵烟，对巴图说，点上！

巴图却摇手，掏出怀里的烟口袋，三扭两扭，一根拇指粗细的老旱烟就搭在嘴角，点上，吸几口，便有烟雾飘过。

工头倒被呛得咳起来，虾状。呀！呀！啥毯玩意！

巴图嘴里又吐出一股烟，哈哈大笑。

工头见巴图的两眼又成了两条缝，颊斜一道黑，觉得好玩，也哈哈笑起来。

工地上白天好过，晚上不加班，时间流得就慢了。

工头就说，讲个带色的剐吧！

民工们都笑模笑样，挠脑袋，说，不会呀！

工头先讲了一个，又说，谁不讲谁那个？

众人都怕当"那个"，就一个一个轮着讲。

当时，皓月当空，工地上，就有稀稀拉拉的拍巴掌声和笑声飘来飘去。

轮到巴图，巴图也说不会，工头和众人都不依，逼急了。巴图站起来说，要不我唱支歌吧！

工头说，嗯！唱歌也行！也算顶个剠。

巴图清清嗓子，唱道：

> 美丽的草原我的家
>
> 风吹绿草遍地花
>
> 彩蝶纷飞百鸟儿唱
>
> 一弯碧水映晚霞
>
> 骏马好似彩云朵
>
> 牛羊好似珍珠撒
>
> 啊，牧羊姑娘放声唱
>
> 愉快的歌声满天涯
>
> ……

众人望着月亮，听歌，都不知道巴图什么时候住了歌声。

好一会儿。

工头说，不行，你再唱一个！

巴图说，不行，别的记不住词，就这一个能记全！

工头说，要不，你再唱一遍吧！

众人都拍巴掌，齐声说好！

巴图就又唱。

巴图唱一句，众人也跟着唱一句，成了学唱，歌声就飘得很远。

后来，巴图也不知道和工头他们唱了几遍。反正后来晚上就有了事，就学这支歌。白天上工时，巴图他们也喜好哼几句，觉得都挺过瘾。

活计做了一个月，却做不下去了。

老板开了工资，被工头卷跑了。有人说，工头不务正业，家里有老婆，却还在外面包个小的。

老板急，民工们都停了工。

巴图不在工地呆，急急地上城去寻。众人都笑，他是个彪子呀！让你擒！

巴图说，狗窝里搁不住干粮，这小子也是穷人出身，有了钱能不出来花呀！

3 天后，巴图真在夜幕笼罩的街头，寻见工头——正大包小包地买东西哩！巴图大喊着冲上前去，工头凶脸抽刀刺巴图，转身狂逃。巴图不顾疼痛，追出了三道街，到底擒住了工头。

巴图出院后，右腿落个点腿。得到工资的民工们感激他，老板要他做工头。巴图不应，说本来也打算这时要回去的。工友再问，巴图说回去治理草场。

众人也都知道，这几年，草场超载放牧严重，致使草场沙化，巴图没了马群，还治理个什么意思呀！

巴图不依，还是回了。

两年后，草场边正围栅栏的巴图却遇见工头。

工头神情沮丧，面黄肌瘦，见到巴图，"扑通"跪倒在地，鼻涕眼泪都下来了。他说，我入狱后，妻子知道了我的事，就离了。那，那个相好的，也卷着钱跑了。我几次想寻死，可心里总觉得对不起你。

巴图小眼睛睁得很大，拉起工头，说，好马不吃回头草，过去的事就让他过去吧！来给我做个伴，我现在也是一个人呀！

工头看着巴图的腿，头抬不起来，泪珠子"噼里啪啦"打湿衣襟。

巴图拉过一匹马，扶工头上马，说，你去草场跑一圈，那像个男人呀？

天蓝云白，草场像块绿翡翠，走马平稳地踏着碎步，工头沐浴春风，心旷神怡，潇洒至极。

一圈回来，工头的眉头展开来，脸也红红的，额上沁出一层汗。

工头要走，巴图不依，非要和工头拉拉话。

可当工头踏进巴图的蒙古包时，却惊呆如痴——只见巴图的蒙古里，一幅幅绿色的草原图画挂满包壁，画上有蓝天、白云、草场、牛羊……整个蒙古包里就是一片绿色的天堂。

一首歌不禁在工头耳边响起：

美丽的草原我的家

风吹绿草遍地花

彩蝶纷飞百鸟儿唱

一弯碧水映晚霞

骏马好似彩云朵

牛羊好似珍珠撒

啊，牧羊姑娘放声唱

愉快的歌声满天涯

……

后来，工头说：巴图，我跟你一起治沙吧！

巴图笑着说好，双眼又成了两条缝。

工头再次泪流满面，悄悄扔掉袖中的刀子——本来，他是想看看巴图，自我了结的。

那工头就是我。

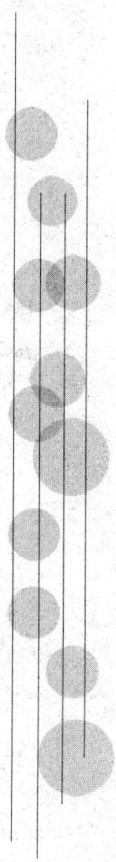

一朵朵白云

老牧人身着天蓝色蒙古袍，古铜色脸孔，皱纹堆叠，花白胡须飘垂胸前……一派仙风道骨。一位游草原的诗人见到他惊讶不已，挥举手臂，马背上抒情，啊！他的脸孔是阳光染的，他的胡须是雨水润的，他的皱纹是风沙刻的……啊！

老牧人一年四季放牧一群羊，行走于草原的坡坡岭岭间。

也无论四季，老牧人的长调都伴着他的羊群。

老牧人父母辞世早，终生未娶。

也有人说，是老牧人穷怕了，怕花钱。

老牧人不置可否。

塞北草原，五、六月份，雨水齐了，草长花开，调皮变幻的云成团了。特别是早晨，坡坡岭岭上，一大团一大团的满是。老牧人就赶着羊群，向那一大团一大团的云朵吃去，一会就进去了，再出来。远远看去，你是分不清羊群和云团的。这时，草里的水分多起来，草嫩起来，正是抓"水膘"好季节啊！

有人礼貌地打招呼，喂，牧羊哩！

老牧人笑笑，说，做神仙哩！

老牧人也常向牧人讲牧羊经：要春放沟膛，冬夏放山梁，秋季草丰满地跑。怎么说呢！春季沟膛里地势低，水分足，草先出来，羊就容易吃到草；冬天要放阴坡，天寒，羊一停，就冷，要运动着，肉就长得瓷实；当然，夏季放阳坡，太阳毒，热，羊也待不住；秋季呢，满世界都是草，还结了实，香哩！那都能吃饱，运动着吃，身条就会长得美！这叫个抓"肉膘"。

牧人们听着，啧啧称赞。也有不以为然的，哎，那你，那你咋没发财哩？

老牧人脸色一灰，就赶着羊群走远了。

大家也都知道，老牧人的羊群永远都是58只羊。每年羊出栏，来了羊贩

子，他的羊出完栏，都是这个数。而别家的羊群却挤挤搡搡，那群也有几百只。都发了"羊"财，看见老牧人省吃俭用的样，就有了点不屑。

一再要求养羊的嘎查达也不理解。

老牧人也曾奔走呼号，别超牧，草场扛不住。嘎查达说要做跨越式发展，你懂个毬！老牧人却管住自己，他说：我这片草场，58 只羊日子过得很好；若多了，就成了遭罪啦！羊贩子们也爱收老牧人的羊，数九寒冬，别家的羊瘦骨嶙峋；老牧人的羊，却还是滚瓜溜圆！羊羔是在腊月生的，牧人们就都慌了神，羊瘦没奶，母羊见着羊羔就躲；不躲的，乳房就被吃出了血……老牧人家的母羊和羊羔，却很和谐——母羊亲羊羔，羊羔跪乳，十分的有羊样。

那天，嘎查达领众牧户参观，却见一只母羊躲开欲吃奶的羔子，跑远处吃草。人群里就有七高八低的笑声。老牧人不慌不忙地走进包里，拿出马头琴，边拉边唱：

柴格，柴格，柴格

你的白羔饿得慌呀

你快发发软心肠吧

柴格，柴格，柴格

……

反复地唱，那母羊竟停住吃草的嘴，慢慢向羊羔走来。洁白的羊羔，也脚步踉跄地上前吃奶。

嘎查达和牧人们很惊奇。老牧人说，这母羊头胎，不是没奶，是还没有做母亲的经验！我一劝，它就明白啦！

嘎查达就在那个早晨里，大手一挥，再不能超载放牧啦！

还是一个早晨，老牧人赶着羊群穿梭于云朵之间。

可太阳升起来了，云朵不和羊群玩耍啦！羊群出来了，老牧人却倒在高高的山梁上。

也是在三天之后，牧人们才发现了这群没人牧放的羊群。找老牧人，却见他的尸身已被野狼和神鹰带走了，魂魄升到了腾格里。

于是，就有人带着哈达、奶酒来山梁祭拜。忽一日，竟来了一个车，下来许多孩子，一数，竟是58 个——是城里的孤儿，老牧人养活他们五、六年啦！

于是，哭声一片。

有牧人说，最近半年，老人身上常带着黄油和奶食品。他可能知道身体不行！倘若迷糊过去，黄油和奶子的香味，就会引来野狼和神鹰，带走他的！

牧 歌

8 岁的巴图相中一匹红马驹子，自称找到了真正的好友。

巴图的朋友换得勤，先与一只小山羊交好。那日，巴图见小山羊毛球样滚动在草地吃草，就"得儿得儿"地近前讨好，抚理小山羊皮毛……一阵风来，皮毛几度蓬乱翻卷，巴图的讨好变得一文不值。小山羊水样的眼睛也不以为然地瞥瞥巴图，欲转身离去。没想到巴图却顺势抓住小山羊的羊犄角，把头就顶在小山羊的脑门上，来，来，干一仗！小山羊急急地蹦跳，好像在说，你做啥呀？分不清闲忙。人家正吃草呢！巴图有点恼，嘴里"切切"着，不理俺，俺还不理你哩！巴图和小山羊就绝了交，分道扬镳。

面对开阔的草场，巴图挺起胸脯，就撒了一蹦子，视野里出现了白驼羔，正吃饱了休息呢！白驼羔四肢长长地躺在阳光地里，只肚窝处的皮毛一翕一动……巴图疑惑地凑上前。白驼羔忽地站起身，叫了一嗓子，骇得巴图远远跳开，啥玩意？一惊一乍的。想和俺玩，俺还不理你呢，背上长包的家伙！

就在这时，巴图发现了这匹红马驹子，巴图就被吸引过来了。马驹子一身光滑闪亮的火色皮毛，双耳直竖，眼睛灵动，四肢修长健美……巴图一个劲地啧啧嘴。巴图看过阿爸的走马，有雕花的鞍子和镶金的笼头，气派得很。可也没这马驹子好看呀！巴图盯着马驹子，马驹子也盯着巴图，还伸出鼻子嗅嗅巴图的脑袋，巴图痒得"格格"笑出声来……巴图伸出小手摸马驹子时，马驹子却一仰头，吃惊地跑远了。

巴图这回没恼，而是弄了一把青草，嘴里"得儿得儿"地凑近马驹子，马驹子停住脚，用好看的眼睛打量巴图。马驹子也没见过巴图呀！巴图往近一伸手，嘴里说，吃吧！吃吧！马驹子嘴唇一卷一卷就吃进嘴里。嘴唇上的毛弄得巴图又格格地笑开了，好玩，真得好玩啊！后来，巴图摸了小马驹的毛脸，还抓住它的鬃，借一个小土包就蹿到马驹子的背上。小马驹不依了，

一跳一跳，就把巴图掀翻在地，恰好落在一丛苍耳堆里……刺痛的巴图咧开嘴，"哇哇"地哭起来。小马驹子不远不近地看巴图，一会儿，又凑上前，嗅闻巴图的脑袋。巴图也闭了嘴，就近撸一把青草，递给小马驹吃。又好了。

傍晚阿爸牧归，巴图缠着阿爸要骑马，阿爸在马上就把他抱起来。马跑起来，巴图只觉得耳边有风声，一展袍袖，兴奋地喊道："飞啦！飞啦！"

阿爸，我要学骑马！

你呀！太小，脚还够不到马蹬啊？

我骑那个马驹子。

当然，巴图没说被摔倒的事。

阿爸点点头。

第二日，阿爸牵过马驹子，把它拴在走马的笼头上，又一下把巴图放在马驹子的背上，红马驹子猛跑，却跑不动，就停住不动。阿爸一催走马，马驹子的脖子被抻得很长，不得不跟着走啦！巴图先还是笑，后来，看到马驹子的眼里像是有泪了，就喊起来，阿爸，阿爸，快放我下去！不学了，不学了。

阿爸放了马驹子，小马快活地跑开了，左跑，右跑，左旋右旋的，一会就跑到草场里不见了。

巴图盯着马驹子的背影，你，你还会回来吗？

12岁时，巴图就获得了这片草原的赛马冠军。他骑的就是当年的这匹马驹子。

那日，小马驹子还是回来了，巴图给它青草，就跃上它的背，马驹子又跳又蹦，巴图还是被掀翻在地。巴图又撸了把青草，递给马驹子，马驹子慢慢吃进嘴里，看着泪水盈眶的巴图，忽然用唇吻了巴图的脸，巴图再次跨上马驹子的背时，小马不再蹦跳，而是风一样向草场跑去……天上一只苍鹰也鸣叫一声，飞向远方。

巴图只觉得耳边有呜呜的风声，就兴奋地大叫，"飞啦！飞啦！！"

雁 南 飞

真的要去吗？巴图问塔娜。

塔娜白白的牙齿咬住红润的下嘴唇，郑重地点点头，转过身，汇入人流，走上站台。

列车鸣笛，行驶在草原上，塔娜拉开车窗帘，却意外见到苍茫的天空中，雁队行行，绿绿的草场里，巴图端坐马上，挂着套马杆，石塑般定格……感情的潮水汹涌地冲击着塔娜的心房，泪水也顺着粉红的脸腮，扑簌而下。

塔娜还是要去的，还是要去南方的。塔娜还是要去南方找莲花挣大钱的。

莲花本不是开在草原上的花朵，但他阿爸还是给她取了这个名字，后来就真应了这句话。在一个细雨如丝的春日，18 岁的莲花就搭上南下的列车，走了。嘎查村人都说："莲花心高，过不惯牧区的穷日子，挣大钱去啦！"

莲花走时，来找塔娜，问塔娜去南方吧？莲花说她觉得有点单，孤雁似的。

塔娜想想，却摇摇头说不去！

莲花知道塔娜心里恋着巴图，眼前也仿佛闪过两人纵马驰骋草原的情景……莲花就叹了一口气。

莲花再回来时，就像变了一个人，从装束到行为举止，全变了。花钱也就像流水，给家里盖起房子，还送了嘎查村每人一件礼物。嘎查村的姑娘们都围着莲花，莲花姐莲花姐地唤，亲热得不得了。还把莲花叫到自家的包里，弄好吃的，咬耳朵，挺神秘的样。

第二年春天，姑娘们都成排地跟着莲花去南方了。

塔娜还是没去，莲花就啧啧嘴，说真瞎了你这条件！

塔娜是嘎查村的村花，眼睛如一泓清泉，皮肤白里透红，还散发着一股清香，更有一副好嗓子，是草原上的一只百灵鸟。

塔娜不去,塔娜说去了就对不住巴图,也对不住自己了。可后来塔娜还是去了。塔娜的弟弟考上大学,入学费就要好几万!塔娜的额吉也病倒了,花钱就像喝水似的,现在医院因为没钱都给撵了出来。

塔娜去南方的那天晚上,找到巴图,让巴图要了自己。巴图却不依,巴图流着眼泪说:"我知道你对我好,但我们没举行婚礼就这样,人家会笑的。"塔娜就哭着跑开了。

巴图只是个牧马的,巴图帮不了塔娜。巴图一年的收入也不够塔娜弟弟上学,更不够额吉治病。

列车渐渐行驶到草原的尽头,那一行行大雁也消失在天边……

巴图骑着马疯狂地跑着,号叫着,像中了枪的野狼。

巴图是在牧场呆了3个月才回嘎村的,却在村头意外见到一个疯女人,乱发披散,眼光迷茫,一把一把地扬着乱草,嘴里喊着:"钱,钱啊!"

牧民告诉巴图,是莲花,疯啦!

"塔娜咋样?"巴图喊着,"塔娜,塔娜……"跑向塔娜的家。

塔娜并没回来,塔娜已寄回钱,弟弟上学了,额吉重新住进了医院。

夜深时,巴图还没有睡,村里传来莲花边笑边哭的喊声,"钱,钱啊!"

村里的姑娘们也三三两两地回来了,都窝在屋里,几个月才露面。有人问,就说,外面的日子也不好过!

有个小姐妹告诉巴图,是塔娜抢走了老板,莲花才疯的。

那老板就是莲花的老公,有钱。

巴图就打消了寻找塔娜的念头。

第二日,巴图就骑马奔向了牧场。

巴图不知道,城里的一座高楼里,一个现在叫小丽的少妇,常常听着一首曲子:雁南飞,雁南飞,雁叫声声心欲碎……这时,她的脑海里就浮现出一幅画:苍茫的天空中,雁队行行,绿绿的草场里,一个蒙古族汉子端坐马上,挂着套马杆,石塑般定格……

小丽常常听得泪流满面。

乳 香 飘

夕阳似血，染红大草原。战场上，撕心裂肺的喊杀声终于被胜利的欢呼声所取代。"王子，王子，浩瑞、浩瑞……"一白马汉子，在鲜血染红的土地上，人丛里，飞快地驰上远处的山梁。汉子剑眉星目，气度不凡。山巅处，他猛然勒马，马长嘶若龙吟，直立起来，背衬血色夕阳，一个巨大的剪影悬在山梁上空的天穹上……汉子就是巴林王子，他对部众的欢呼置若罔闻，兀自从怀中取一个荷包，一股羊乳的味道立即弥漫开来，连胯下的马都不禁连连打了几个响鼻。巴林王子闭上眼睛，那股乳香仿佛沁进了他的肺腑……良久，王子泪流满面，喃喃道：你，你好吗？

巴林王子英武无敌，他能射死天穹尽头的雄鹰，能摔倒草原上所有的汉子。是这片草原无双的好汉。巴林王说，骏马总要驰骋草原，雄鹰就要搏击风雨！我把王位传给你吧！巴林王子却摇头，说，我不要王位。巴林王子眼望天上的白云，神情里一片空灵，我想在春日的草原上纵马驰骋，我爱马的奔跑和鹰的飞翔，我不喜欢一堆人围坐在毡包里，挖空心思算计人。巴林王马鞭子尖啸着抡过来……

其实那时巴林王子脑海里还浮现出一位姑娘，姑娘的脸庞白里透红，浑身上下散发乳香。那时姑娘怀抱一只雪白的羊羔，百灵鸟般的歌喉，更让巴林王子不知身在何乡！他不知不觉地跟着姑娘走出好远……后来姑娘问：你是谁？巴林王子答，我是牧马人。你的马群呢？在草原的尽头，在天边。姑娘粲然而笑，把小羔放在绿草地上，那羊羔颈上挂荷包，竟一溜小碎步扑过来，巴林王子惊喜地抱起小羔，看那黑黑的眼睛，粉嫩的嘴巴和鼻头……还张嘴"咩咩"地学羊叫，他叫一声，小羔叫一声，惹得牧羊姑娘格格地笑。

那天的夕阳很快地沉进草海，巴林王子和牧羊姑娘相约，明天再会。可第二天，巴林王子等到日上中天也未见到姑娘，倒见巴林王面色铁青，快马

而来，傻骆驼，你净说我算计人，你看看，现在是科尔沁部抢走了牧羊女，还要和我巴林部开战哩！

也就在那一刻，有血充溢了王子的眼睛，他的头脑里只有一个念头，杀，杀，抢回牧羊女。一次次挥刀弯弓，死尸谷个子似的倒下去了，鲜血染遍了这片草场……每次战后，巴林部众大肆抢掠财牧，巴林王子却挨个毡包寻找牧羊女，每每失望。后来，巴林王子灰心了，他想也许死在乱军中了。

巴林王子躺在夜色笼罩的草原上，舒展四肢，他终于从喊杀声里撤出来，他朦胧地闭上眼睛，有风声，有虫鸣，耳边还传来塔娜的笑声和小羊羔的咩叫……荷包里散发出的阵阵乳香，让他心里渐渐沉下来。也许不应发动战争的，有多少人为此付出了生命。科尔沁部与巴林部中间有草原隔离带，本是相安无事。可另一个声音又大喊起来，可他们抢了我的心上人，他们要付出生命和鲜血……

巴林王子是在天亮时返回营盘的。营盘上空炊烟袅袅，战场的打扫已接近尾声——男的全部杀死，女人要为奴为仆的。人丛中有一少年，目光炯炯，很是可爱。巴林王子问，你是谁？少年答，我是科尔沁部的巴特啊！你有何本事？少年取过弓箭，张弓射出一箭，手不停，又射第二箭，只见第二箭射中第一箭的箭羽，两箭一齐穿过远处的箭靶。巴王王子哈哈大笑，留下他吧！不，巴林王早一刀挥了过去，少年叫都没叫出来，就倒在地上……杀死他，你让他把两箭一齐穿过我的胸膛吗？

这次全歼了科尔沁部，巴林王拍着巴林王子的后背，这回草原称霸的还会是谁？是我巴林部。

巴林王子蹙眉不言语，巴林王大声说，孩子，父王让你见个人，你一定会高兴的。巴林王边说边击掌，帐里转出一人，竟是活生生的牧羊女呀！

你，王子冲上前，你不是被抓了吗？真的是你吗？

牧羊女眉眼溢笑意，我没有被抓，我始终都在巴林部。

原来，巴林王欲称霸草原，而英勇的王子却沉溺于游山玩水，焉有胜算？后见王子爱上牧羊女，才出此计策，唤起王子斗志，发动战争，统一了草原……

我们成婚吧！

不，王子猛然推开牧羊女，跃上马背，风驰而去。

143

后来，巴林王子再没回过巴林部，巴林王和牧羊姑娘多次找寻，却未寻见。有牧人却说在草原尽头见过王子。他真的成了牧马人，他山前的马群是白色的，山后的马群是黑色的，左边是黄色的，右边是红色的……巴林王子有时纵马驰骋，有时就仰躺在草坡上，望那溜溜的云……

当然，他们不知道的是，巴林王子的脑子里时时响起牧羊女的笑和那小羊羔的叫声，还有，他时不时地摸出荷包，放在鼻端，一阵阵乳香就沁入肺腑，飘向草原……

爱上一个人

　　巴林王的福晋殁于盛夏，3天葬礼，梅林未见巴林王眼里掉下一颗眼泪。

　　巴林王手摇汉地的纸扇，刷地打开，扇几下，又刷地合上。巴林王对四周吊唁的部众说，福晋与我恩爱十几年，享尽荣华富贵，她值了，我亦无愧啊！反过来说呢，福晋是爱我的，我悲伤呢，福晋心里也会难受的。我呢，保重着身子，好好地活，快乐地活。福晋在长生天那里才会高兴啊！你们说是不是呀？四周的部众都点头称是，都说王爷呀！你真敞亮！

　　梅林心里却打开了两扇门——巴林王肚子里有几根花花肠子？他真的看清了。几根？一根。巴林王早就喜欢上了牧羊女塔娜。福晋的死，不是坏事，有可能给巴林王腾出位置，变成了好事呀！

　　春日巴林王驾鹰牵狗带梅林等部众狩猎，就在草场上逢见牧羊的塔娜。塔娜一袭白裙，似一朵白云飘落草原。梅林和巴林王都停住马，梅林见巴林王的眼睛不好使了，发直，嘴巴也张开了，一副呆样。事后，梅林还听巴林王背诵了两句汉诗："清水出芙蓉，天然去雕饰。美哉，美哉啊！"

　　梅林是在第四天头上找到牧羊女塔娜的，本来，他想觑个先机，把牧羊女抢来放到巴林王的卧榻上，讨个彩头。这片草原上的人和牲畜，是谁的？还不都是王爷的呀！谁知巴林王羽扇轻摇，制止说，不能动粗，强扭的瓜不甜呀！梅林反过来一想也是提亲的好——跟巴林王结亲还不让这帮狗奴才挤破头呀！梅林抱着拳头对塔娜说，恭喜你呀！从今天起，你不用放羊啦！王爷看中你啦！你去王府做福晋吧！到时你可别忘记我啊！嘿嘿！梅林知道接下来牧羊女塔娜会感激他，感激他把这个彩球砸在了她的头上。可是呢！当几天主子就又会挺起来，不把他当作一颗豆啦！谁知，塔娜吃惊地看着梅林，梅林期待地看着塔娜。塔娜说，梅林大人，我和巴图已订

下婚约，秋后回场，我就会嫁给他呀！这回梅林吃惊了，他没想到会有这一章。

梅林向巴林王禀报完毕，嘴还不停，王爷，我带几个人抢回塔娜，和你完婚算了，生米做成熟饭，还啥婚约不婚约的？巴林王摇动纸扇，你呀，听说巴图是个勇士，你让一个勇士恨我，我焉有宁日？梅林错着后槽牙，一抬手在脖颈处一横说，先下手为强，我带人收拾了他。巴林王眼睛望着草原上两匹相斗的公马，说，既然塔娜和巴图有婚约在先，就按习俗比武招亲吧！我方若胜了巴图，草原人就没有话说啊。

射箭和摔跤巴林王和巴图各赢一场，在赛马比赛时，巴林王和巴图信心百倍地骑马站于起跑线上，旁边巴林部众摇旗呐喊，牧羊女也担心地看着巴图，大喊，你，你保重啊！巴图紧抿嘴唇，郑重地点头。梅林手挥令旗，也向巴林王点点头。嘴角处露一丝冷笑，就在令旗挥下时，不经意一点寒光飞向巴图，巴图一仰身张嘴接住，竟是飞镖。巴林王的马早已蹿出十几米远。巴图一夹马，马向前冲去……两圈下来，巴图的马就追上了巴林王的马，四周的喊声，山呼海啸。巴图的马终于冲上前去。巴林王急了，抽出蒙古刀，回身刺中马屁股，马负痛狂奔，几个飞跃，又冲到巴图的前面。巴图半站在马蹬上，人马合一，一溜线，再次冲过王爷，撞过终点。

呼瑞，呼瑞……巴图高高地举起双臂，人丛里却不见了塔娜。巴图放眼一望，见梅林驮定塔娜飞跑。巴图一催马就追了上去，一挥鞭子击落梅林，顺手抄过塔娜，放在鞍桥之上，催马向草原深处狂奔……巴林王早换了坐骑和梅林等人一同追去，终于，在草原深处追上一马双骑的巴图和塔娜——是巴图和塔娜停下不跑了，巴林王和梅林才追上的……只见塔娜一袭白衣沾满了鲜红的血迹，巴图汗出如浆，两人面上皆有愧色，愧色的后面都是甘愿引颈待勠的样。梅林附在巴林王耳边说，王爷，这两个奴才生米做成了熟饭。杀了他们吧！

巴林王不停地摇纸扇，忽然仰天大笑，爱一个人，能同生共死，难得难得。来呀，请一对新人上马，我要大摆酒宴，为他们主持婚礼。

婚宴上，四周部众都道贺巴图塔娜，梅林却眉头紧皱，巴林王说，塔娜是巴林部的百灵子，巴图这小子摘得花魁，我只不过是替男子汉们出口气，不能太便宜了他呀！哈哈哈。

翌日，巴图带塔娜拜见巴林王，感谢成全之恩。巴林王扶起巴图，勇士，从今日起，你做我的梅林吧！

那梅林哩？

让他去牧马或放羊吧！巴林王轻摇纸扇，声音如蝉。

其实巴图和塔娜并没有生米做成熟饭，是梅林发出的飞镖刺破了巴图的嘴唇，烈马狂奔，不小心，溅到了塔娜的裙子上……

琴声飘过

夕阳晕红若醉汉，倒卧草海深处。草原雾气氤氲。

远远，琴声悠悠响起，随风飘扬。

当时，蒙古姑娘塔娜正拴一匹马。琴声飘过，就有一片夕阳红落于那洁白的脸庞。久久不散。那马却觑个空，挣脱缰绳，大口大口，香甜地吃草去了。

阿爸抬起脚，鞋板上重重地磕烟袋锅，说，不行，吹箫引凤的货，傻犊子你别中了道！

塔娜说，为啥？

阿爸说，巴图学念不成，家里穷得没根牲口毛，喝西北风咋能活人？

塔娜仰起头，拭把汗，说，家值万贯，带毛的不算，都长着两只手，还能让"穷"生下根？

阿爸就被烟呛得咳起来。

塔娜甩甩油晃晃的辫子，大步流星，去抓那匹贪吃的马儿。

阿爸说，命，这就是命啊！

于是，塔娜就和巴图结了亲。

这片草原的蒙古汉子们也不解，这塔娜，生得山丹丹花似的，嫁个穷小子。你看看，巴图那有个男子汉的样！摔跤下不了场，喝酒脸涨得像关公，怕是个不中用的货吧！哈哈哈哈！

婚礼上，汉子们就狠劲闹，抢巴图的帽子、鞋子，还罚巴图喝酒……塔娜却挡护在巴图身前，女子总不好下手！汉子们就酸溜溜地说，哟，哟，知道护汉子喽！无奈地，四散而去。

巴图衣冠不整，狼狈不堪，看到灯影里的塔娜，却咧开嘴，一溜白净的小玉米牙，直晃塔娜的眼睛。塔娜脸又红起来。

巴图问，你爱我什么？

塔娜说：我爱你这个人，我爱你会拉琴！

塔娜拿过马头琴，琴杆上端雕有马头，两弦，琴箱方形。塔娜又递过琴弓，巴图笑吟吟接过。两人肩对肩，膀对膀，坐于一处，就有琴声自灯影里向四下流淌开来。

新婚不久，一日，嘎查达风风火火来找巴图，要巴图给嘎查里的孩子们做先生。嘎查是开工钱的。本来嘎查达的儿子当先生，谁知，当了几天，就头疼，不做了。

巴图说，不去，家里的活咋能全扔给塔娜！

塔娜说，去，咋不去？家里这点活，我能拿下，你个小体格，我还觉得害事哩！

巴图就去了。几日，竟有一个转正指标分下来，但必须经过考试合格后，方可实行。本来学校就巴图一人，这时，嘎查达的儿子却也报了名。

巴图就不想考！谁能争过嘎查达？

塔娜说，考，嘎查达的手还能遮住天？

巴图就考，竟中了，一月能拿几百块！

每晚，巴图和塔娜睡觉前，两个肩并肩，膀对膀，坐于一处，就有琴声自灯影里向四下流淌而去。

一晚，塔娜做好饭，却不见巴图回家。塔娜心惊肉跳地急欲出去找巴图，却见一群人杂乱地向蒙古包走来，当中还有孩子的哭泣声……塔娜疯跑上去，就看见担架上的巴图——原来巴图为救孩子，坠下山崖摔坏了腿。

出院后，巴图是坐着轮椅回来的。

晚上，塔娜回家，却见到地上的琴，琴杆上的马头掉了，琴弓也折断了。

巴图说，我命不好，没路啦！你命好，你走吧！

塔娜说，路都是人走的，轮椅走过去的也是路啊！我不走！

巴图哭了，扑进塔娜怀里哭了。

塔娜笑，说，还哭，别让孩子笑你！

巴图看看塔娜的肚子，破涕为笑，说，不哭了。

第二天，草原上出现一幅图画：天蓝云白，绿草如茵，塔娜赶着牛车，拉着巴图和他的轮椅，往返于学校和蒙古包间。一天往返三、四趟。塔娜还给巴图唱歌：

蓝蓝的天空上飘着白云

白云的下面跑着雪白的羊群

羊群好像是斑斑的白银

洒在草原上

多么爱煞人呦……

巴图看着天空里海东青，脸色灰暗。

孩子说生就生了，是个男孩，可两岁了还不会走路，一查，竟是小儿麻痹症。

塔娜没说给巴图听。

日子还是水样地流。

那天，塔娜抱着孩子，轻轻叨念，孩子，快长吧！快长吧！我死了！你们爷俩可咋办哩！呜呜……忽然，琴声，有琴声飘过！

只见巴图正在拉琴，琴杆处的马头被透明胶布粘着，琴弓折断处，又附上一根木棍。一下，一下，虽不行云流水，但也有曲调，也有情。

塔娜拉着孩子，跪在巴图的轮椅前，仰头听着，眼睛一闪一闪，似夜空里的星星。

去 势

三、四月份的草场由浅黄渐渐转为嫩绿，蚊蝇尚未繁殖，草原牧民是要为牲畜去势的。羊当年，牛二岁，马四岁，驼五岁。去势，就是骟蛋选种畜，否则，畜群里生羔生驹生犊时间不一，良莠不齐，牧业生产会受损失的。

羊去势容易，摁倒，一刀划开，挤出卵子，就完事。牛马和驼等大畜，则需要手艺了——手轻，牲畜骟完仍要"反电"；手重，就会送掉牲畜的命。牧民们轻易不敢动刀，日久，去势者竟自成一门手艺。

千里草原，去势的行家非酒鬼巴图莫属。

巴图祖上就为巴林王的畜群去势，到他这已有几代人了。

巴图卧蚕眉、丹凤眼，一张古铜色面孔浸进阳光的颜色，眼睛半睁半闭的，似醒非醒。

每年去势，壮劳力抓畜按畜，姑娘们则远远避开。大家伙这时就爱坏坏的瞧塔娜，塔娜是巴图的未婚妻，只见她羞红了脸，慌慌跑动，有时就被袍襟绊倒在地，惹一场哄笑。场内的巴图灌一口马奶酒，脚步虚幻，手持柳叶刀，念念有词：

……

列祖列宗的规矩

都有去势这一关

成吉思汗的八骏宝马

也要把这公事办完

……

众人只见巴图电光火石般，划、挤、拧、甩、拍……一气呵成，众人心刚刚悬起时，牲畜已滚身而起，不紧不慢地去草地吃草了。

几年来，巴图没出过任何差错。

那一年，日本骑兵营进驻草原，春季请巴图给军马去势——他们的兽医被游击队夜袭，送上了西天。

巴图不去，日本兵用雪亮的刺刀逼住巴图，巴图对着翻译官还是摇头。

翻译官盯视巴图，愤怒地说："你不去，巴林部死啦死啦的！"

巴图于是带上柳叶刀去了军营。

骑兵营里的大佐生一对蛤蟆眼，巴图踏进军营时，大佐正赤脯大口灌酒，胸毛野草样扭结，见到巴图，大佐怪笑："去势好的，大大的有赏！"

一上午，巴图为军营所有的军马去势完毕，叮嘱鬼子兵，不要让军马卧倒休息，要慢行，缓进食，大佐"要西要西"拍着巴图的肩膀，"你的良民的干活！大大的良民！"

巴图要走，大佐却留巴图进餐。

巴图知道这鬼子怕他给马做手脚。

酒足饭饱，巴图再辞。

大佐依旧摇头，说："你的，随军的干活！"见巴图迟疑，大佐手一挥，几个鬼子押一女人走进大帐。巴图大惊失色，眼睛瞪成鸡卵——那姑娘竟是塔娜。

大佐猛灌一口酒，哈哈怪笑，"花姑娘，嘿嘿，花姑娘！"

巴图双目冲血，声嘶力竭地喊，"不，不！"两个鬼子兵趋前按紧巴图，"你的不急，不急！"巴图仍死命挣扎，鬼子兵竟一拳将他打晕过去。

大佐一个熊抱擒住塔娜，撕碎塔娜的袍子，露出一片如雪肌肤……

巴图醒来时，已是次日凌晨，身边的塔娜衣衫半裸，早已气绝身亡……

巴图再不喝酒，却天天和军马混在一处，三个月后，军马复原，个个生龙活虎。鬼子大佐连竖大拇指，夸巴图是个好兽医。

巴图摇头说："我们蒙古人能骑善射，你给我一张弓，我会射下天上的大雁！"

大佐怪眼乱翻，也摇头，哈哈大笑："你的弓箭的不给，战场上带路的干活！"

战斗说打响就打响了，那日，鬼子骑兵和游击队打了一场遭遇战。谁知，战斗刚打响，巴图撮唇一声尖啸，鬼子兵的战马个个长声嘶鸣，撒欢刨蹶子，不听指挥，径直冲向草场里的母马群……游击队员背后包抄，鬼子骑兵损失惨重。

大佐也成了俘虏。

游击队员要枪决大佐，巴图咬着牙说："省颗子弹吧！我给这个牲畜去势！"说罢，"嗖"地抽出柳叶刀，嘴里唱着：

> ……
> 列祖列宗的规矩
> 都有去势这一关
> 成吉思汗的八骏宝马
> 也要把这公事办完
> ……

一步步向大佐逼去。大佐尿液淋漓，巴图尚未解下他的裤带，竟头一歪，眼一翻，被活活吓死了。

日本人抓住回营的军马，细察多数雄马尚存一卵，仍分泌雄性激素，见到母马，怎不发疯发狂？

军营兽医恨得心痒痒的，心里却不得不佩服巴图，瞒天过海，手艺也算到家了！

哈 达

　　白白的月光丝绒般铺进重症病房，塔娜躺在床上，全身缠满绷带，若蚕蛹。塔娜大睁双眼，轻轻呼吸，生怕打破这沉静月光，这月光好似塔娜和巴图那晚出走挂在蒙古包前的哈达，牛乳般洁白。

　　那晚是慌乱的，牧羊犬的吠声犹在耳畔回响。

　　塔娜欲嫁给巴图，阿爸却把马笼头掼在地上，摇头大吼："不行，巴图是个生牛犊子，他哪会拉套？"塔娜的明眸中就汪满泪。巴图是牧区的大学生，念完书，找不到工作又返回草原，养牛放牧的活，却一样也提不起来。可明珠般的塔娜就是喜欢他，也放不下两人小时候风雪中牧羊的故事。阿爸看中的是嘎查达的儿子哈斯，阿爸说："哈斯劳动好，我和嘎查达定好了！秋季打完草就给你们办喜事！"塔娜哭着悄悄地告诉了巴图，巴图脸涨得通红，激动地握住塔娜的手，盯着塔娜好看的眼睛说："塔娜，跟我进城吧！我们一起创业！"看看巴图热切的目光，塔娜心里不禁一动，忽又哭着说："巴图，我可把一切都给了你啊！呜呜……"。两人逃出草原那晚，塔娜自怀里取出一条哈达，挂在蒙古包前——牧区的规矩，挂上哈达就等于女儿和心上人离家出走了。塔娜不知阿爸看到后是什么反应。她知道，今后的日子里要是混不出个人样！草原就和她永别啦！塔娜觉得心里酸酸的，洁白的哈达好似裹缠着她，令她窒息……后来是牧羊犬的吠声催促她和巴图上了路。

　　走廊里传来一阵杂乱的脚步声和病人痛苦的呻吟声，又有病号被送进了抢救室。

　　塔娜轻轻叹口气，月光也颤抖一下，心中的哈达也颤抖一下。

　　城里车多楼高。经过一阵忙乱，塔娜在饭店找到服务员的工作，巴图在一家报社打工，总算安定下来了。巴图对塔娜豪情满怀地说："先租房，等攒下钱，再结婚买房子！到时把你阿爸阿妈也接来！"塔娜不知道城里的房

价高，但觉得很幸福，心里有目标，也有了盼头。塔娜说给饭店里的小姐妹，姐妹们也替塔娜高兴，老板却睁大惺忪的眼睛盯着塔娜说："你个草原小美女呀，买房子还不容易，你要是干得好，我给你买！嘿嘿嘿……"四周也响起一片笑声。也就在那晚，塔娜被叫到老板办公室，老板喝醉了，嘴里嚷着："我给你买房，我给你买房。"就扑上前，塔娜吓懵了，慌里慌张地跑出饭店，却被急驰的汽车撞飞起来，老板背后赶出来，脸色一变，抹把汗，掏出手机拨120，还责备地说："走路怎么不小心？一个打工的，这回完啦！"

塔娜在病床上告诉巴图这一切时，巴图气哼哼地说："你真傻！你从他又有啥？还能买到房！"接着巴图叹气，"完啦！一切全完啦！"巴图把头低垂到裆里，忽又抬起头，拨个号码，递给塔娜说："你跟老板说，你同意啦！"塔娜一时反应不过来，那边却传来老板的声音："是塔娜吧！工资我给你结了，好好养病吧！唉——"巴图"嗨"一声，再一次把头扎进裤裆里……

塔娜拼尽力量、触电般把手机掼在地上。

树冠的宿鸟叫一声，振翅飞向茫茫夜空。

塔娜滚落在地，慢慢爬向窗口……桌上，有张纸，上面写着：塔娜，我走了，别怪我！

下面也有一行小字：我走了，我怪谁！这是塔娜写的。

第一个冲进屋的小护士还发现，窗口处挂一条残缺的绷带，呼啦啦地若飘动的哈达。

多年以前，塔娜和巴图牧羊遭遇暴风雪，两人把羊群圈在山洼里，把哈达拴在套马杆上，直直竖起，发出求救信号。巴图瑟缩着，冷得直打战，却不说冷，后来塔娜就和巴图抱在一起取暖，等到阿爸找到她们时，两人全身雪白，成了雪人，可是群羊却无一失踪。阿爸乐得合不拢嘴，高声夸赞塔娜和巴图说："娃儿们真勇敢！"

那时的塔娜和巴图手拉着手，脸绽笑容，心似抹了蜜，真就觉得成了草原上的巴特儿。

草原额吉

  我到草原 3 天了，3 天来，我没说一句话。人也好像变得不会说话了。我总是觉得冷，我只看见额吉包里包外地奔忙着，有条不紊地做着手里的活计——架火、烧茶、做奶豆腐。额吉黑红脸膛，眼睛不大，却透出一股温暖的光。我蜷缩在包里，就像一只猫。我不想见任何人，包括我的爸爸。

  我的妈妈出车祸了，爸爸上班照顾不了我，就把我送到草原额吉这里。

  说起来，人生真是如戏，我们一家三口前阵子，还来草原旅游。也就在那次旅游时，我认了草原额吉做干妈的。我爸和我妈盼我长命百岁，说认个干妈，爱的滋润多了，我的命就会长久。可我妈妈却没想到自己的寿命，一转眼就跟我天地相隔了。爸爸上班，我自己在家是待不住的，我在客厅能见到妈妈，在厨房里能见到妈妈，卧室里还能见到妈妈……家里到处是妈妈，可只是她的影子，是我脑子里面的影子，是出不来的，看不见，摸不着的。我向爸爸要妈妈，爸爸搂着我，只是一遍遍地说，宝宝，妈妈去天堂了，她能看见我们，我们看不见她啦！可他不该把我送到草原来，一个干妈，能照顾好我吗？

  包里包外弥漫着一股奶子的香气，我伸出头，床头柜上镜子中的我，竟吓了我一跳，头发蓬乱，睡眼惺忪，萎靡不振的样。我心里闪过一丝愧疚，急急地洗完脸走出包外。只见在晨光中，额吉正在挤马奶。我有点惊奇也有点骇然，听我爸爸说，是马三分龙气，说白了，龙气，也就是野性。额吉一手一手地挤着奶，白白的奶线准确地落进奶桶里……大马一动也不动，它前面的马驹子后蹄子支棱着，脖子紧紧地贴着大马。大马眯着眼睛，都有点睡意了。我知道额吉会说汉话，我感叹道，大马真老实啊！额吉看见我，先笑了，手不停，熟练地挤着奶，你知道吗？那是因为马驹子在它身边。我心里不禁一动。大马一定是以为马驹子在吃奶，才不动的。额吉看着我，点点头，

她好像也知道我理解了这层意思。大马爱小马驹，见到它，就可以让自己的奶水肆意流淌了。额吉接下来的一句话，更令我吃惊不已，孩子，这小马是大马的干儿子。额吉又说，小马驹是难产，她妈妈生下它就死了。我就给它认了这个干妈。

在接下来的日子里，我逐渐熟悉了额吉的畜群，我看见，在畜群里，竟然有那么多的干妈和干儿子。一个山羊羔子没了母亲，额吉唱起歌，曲调悠长，有一种忧伤的情愫弥漫开来……原本正在吃草、对那山羊羔子无动于衷的老山羊，渐渐地停下来，竟然泪流满面地奔向小羊羔子。额吉说，这就好了，小羔子能活下来了，老山羊一辈子也不会忘记它啦！

羊、牛、马、骆驼——这些群里的母亲，都有干儿子，它们都用自己血液化作的乳汁哺育着它们，让它们的生命得以生长。一时间，我觉得整个草原都是温暖的，那是用爱织就的温暖。

我再不睡懒觉了，我早早地起床和额吉一起挤奶，挤牛的，挤驼的，挤马的，额吉挤，我就站在额吉旁边，负责牵着那些小家伙。母亲们都很沉静，只听见奶水滑落奶桶的声音……

鹰 影

　　我父亲是这片草原的霸主，是个不折不扣的暴君。它和我母亲在草原尽头的万丈悬崖上筑巢垒窝，哺育出我和我的姐姐赛男。那时，我们觉得我们的父亲很威风，它高高地浮在大气上，身边是一团团雪白的云彩，背后衬托万顷蓝天。草原上只有风声和牧羊女子的歌声，我父亲的双翅一抖动，在那个牧羊女子的一句歌声尚未落音时，就能滑翔一百里，看到绿草地上的巨大鹰影，我和姐姐心里涌上巨大的自豪……我的母亲眼睛里则流露出暖风一样的东西，令我和姐姐赛男，也感觉到那种入心入肺的温暖。

　　我父亲的这次滑翔是逼向一头野狼，我母亲和我们都伸长了脖子不错眼珠地盯着地面——父亲捕获野兔如探囊取物，可对付一匹也有尖牙和利爪的野狼，并不轻松。我和姐姐赛男从母亲的眼睛里看到了那份悬起的担心。场中的父亲扇动翅膀，用锋利无比的鹰爪刺进野狼的脊骨，野狼不顾疼痛，撒腿奔逃……父亲巨大的翅膀左扇右扇，控制方向，母亲不禁叫出好来，我和姐姐赛男也尖叫着为父亲喝彩。野狼终于力竭倒地，我父亲轻轻一跳，尖利的喙直插进它的脑袋，又抱起它，冲天而起，飞回鹰巢……我和姐姐赛男吃着鲜美的狼肉，心里觉得日子真叫个美。可就在我们吃完那顿美餐时，我父亲却扎撒着颈羽，凶神恶煞般向我和姐姐逼来——谁也没招惹它，它不知搭错了哪根神经。我和姐姐赛男尖叫着寻找母亲，可母亲连个影子也看不见了。我们相互挤搡着向后退，父亲却步步逼过来，看到它那能插进狼骨的利爪，我和姐姐赛男哆嗦着向窝口退去，退一步，逼一步……我父亲的翅膀陡然打个忽闪，我和姐姐赛男就如失足的两枚石块，直线向悬崖底下坠去。我吓得大叫，姐姐也大叫，边叫边冲我喊，快，快护住头。我急急地挥舞翅膀，却怎么也遮挡不住脑袋，一下一下，却缓缓地落入谷底……等我母亲把我从谷底接回鹰巢时，却没有了我的姐姐赛男。我依在母亲怀里，怯怯地看到我

父亲在巢里敛翅进餐，好像刚才的事情是我们淘气的结果，而与它根本扯不上关系。

在接下来的日子里，我父亲越发露出了暴君本色，常常偷偷落在我的身后，一翅膀就把我推落悬崖。我也找到了经验，翅膀是万不能抱头护脑袋的，要拼命地挥舞……每每也总能安全着陆。一颗仇恨的种子在我的心里茁壮成长，只要我能活下去，等我长大了，我要啄你一千次、一万次……为我姐姐赛男讨回公道。

我父亲也从我的眼神里看到了那种可怕的力量，那日它刚刚看到我和母亲从谷底返回时，就把我按在了爪下，我这次没有流泪，我也没喊我母亲，我对它的逆来顺受也早已彻底绝望……不就是往悬崖下面推吗？来吧！谁知，我的想法远远抵不住我父亲的残暴，它踩着我的双翅一忽闪，一阵剧痛就传遍了我的全身，我的翅膀软软地垂下来，分明地离开了我的躯体。我尖叫一声晕了过去……

也不知过了多久，我被一阵肉味弄醒。鹰巢里没有我父亲也没有我母亲，我面前只是摆着一只鲜美的羔羊，我狼吞虎咽地吃着。我从没觉得这样饥饿过，也从未觉得这样有力过，我几下就撕碎了那只羔羊，一股巨大的力量在我体内蒸腾，我在鹰巢里烦躁走动……一声尖啸，我再次扑向悬崖。不自觉的，我习惯性地扇动翅膀，一下一下，我竟慢慢地飞起来，我的翅膀没断，没断啊！我飞进了蓝天，我的身边铺排着朵朵白云，身后是万顷蓝天。我一忽闪翅膀，也能滑翔一百里……

我在天空中，看到了万里草原，那片湖水就似草原的眼睛，那只眼睛里有白云、蓝天的倒影……湖边有羊群，却没有那个牧羊女子的歌声，我定睛再看时，竟发现那群羊围着那女子悲号。我一个忽闪滑翔过去，羊群四散溃逃。那女子的脸上竟有我父亲的爪痕……

后来，我成了这片草原的霸主和国王，我在悬崖的谷底里发现了我父亲和我母亲的尸体，父亲和母亲尸体错叠，双双筋骨折断，显然是触崖而死。

我请教另一只翱翔天宇的鹰，它说，你父亲那是爱你，推悬崖是练飞，断翅膀是让你翅膀重生……我不愿听它的婆婆妈妈，可我又想得脑袋生疼，这真不是一只鹰所能想明白的！

我一动不动地悬在蓝天，身边是一团团雪白的云彩，背后衬托万顷蓝天。巨大的鹰影在草地上蹿动不已……

戈壁母亲

妻子要带着五个月大的儿子来戈壁滩看我了，我的心里禁不住泛起一阵阵暖意。

很长一段时间里，我当兵的自豪感，在恶劣的环境里，一点点地消失殆尽。渐渐的，我觉得我的心似乎已经沉睡过去，再也激不起半点涟漪。我和一个兵天天面对着荒漠戈壁上圆的石头和红的界碑。天天巡逻、做饭、训练、出操。我们两个甚至一天都不说一句话，其实也是根本用不着说话的，人就像放在那个调好时间的程序机器里。一举手，一投足，我们都是知道彼此要做什么的。那晚，听说妻子要来看我，那个兵也蹦了几个高，嚎了几嗓子，算是欢呼雀跃了。可随后，他又沉默下来了。他知道，因为道路难行，我必须到十里外的小镇去见妻子一面，说白了，他是见不到我的妻子。我拍拍他的肩膀，算是安慰了他。我出门看看灰蒙蒙的天和铅色的云，心里又为妻子和儿子担心起来了。看来天要下雪啊！

所谓的小镇根本就不算小镇，仅有三座房子，一座是客栈，一户是牧驼的牧户，还有一户是一位管那客栈的老妈妈。算着日子，妻子和儿子今天可能要到了。天还真下起了雪，天地白茫茫一片，雪很碎，"沙沙"地下个不休，但是却没有风。这让我多少有些安慰。下雪时，天是暖的，可一到雪后，刮起白毛风，天就会冷起来了。我起个大早，踏着雪满头大汗来到小镇的客栈。我敲开门，老妈妈接待了我，我说有房吗？暖和吗？有啥吃的？面对我的一串提问，老妈妈却不言语，只是推开门，转身走去，我知道她的意思是让我自己看。当然也包含着另一层意思，你爱住就住，不住走人。我再次打量她，只见她满头白发，身体佝偻着，走路一左一右地晃着，我吃惊地发现，来了这么久，她只是用昏黄的眼睛看了我一眼，却也没说一句话，真像荒漠上的石头呀！屋子可能长久没人住了，屋里处处透着冷清。我抱柴架火烧炕烧水，忙得满头大汗。几次看老妈妈的那座房子，门窗关得严严的，好像没人住一样。

快到中午时，妻子和儿子才在我的翘望中赶来了……远远的，我看见妻子怀里抱着孩子骑在一峰骆驼上，头上还围着一块火红的围巾，是那样的圣洁、高远。她也看见了我，喊我的名字，不停地向我挥手，我大踏步地向她们跑去，不知怎的却惊动了我儿子，他"哇哇"地哭起来了。我抱过他时，他又睡熟了，闭着一双小眼睛，小嘴巴嘟着，像头小兽。

冷吗？我问。妻子偎依着我，说不冷。可半夜妻子却咳嗽起来，早晨起来，脸红扑扑的，竟发起了高烧。我知道三里外有个小诊所，我要去给她买药，做护士的妻子却拦住我，不行，我这必须挂吊瓶，吃药不管事的。妻子说，来时我看到过那个小诊所，我去挂吊瓶，你看看儿子，烧好炉子，屋里一没火，别把儿子弄感冒了。我点点头，妻子奶完儿子，就穿上羊皮袄走出去。我目送她走出很远，才转过身来。耳边突然传来儿子的哭声……我冲进屋，看见儿子闭着眼，嘴张着，"哇哇"地哭个不停。我搓搓大手，想抱他，却又怕弄痛他。急得汗水就下来了。我拿过奶瓶子，喂他奶，儿子的头一左一右地晃，就躲开了。我还是把他抱起来，逗他。儿子睁开眼，看看我，又"哇哇"地哭起来。我手足无措。别哭了，别哭。儿子看看我，还哭。不停了。我不知当时怎么想的，抡开手掌打了一下他的屁股，立马就有红印子起来了。门也就在那时被撞开了，那个老妈妈飞快地冲上来，我惊诧于她的敏捷，她左右开弓地打了我几记耳光，从我怀里抢过儿子，走向屋外。我懵了，当时，老妈妈嘴里说什么我也没听清……我觉得脸庞火辣辣的，耳边没有了儿子的哭声，外边响起了风雪声。

妻子回来了，我和她去老妈妈的房间接儿子，只见儿子偎在老妈妈的怀里，睡得真香。老妈妈看见我，笑了笑，脸上的皱纹水波似的荡漾开去，傻狍子呀，没那样哄孩子的，再说，你抱的也不对，这么小的孩子，在母亲的肚子里，听得就是母亲的心脏声，你呀，抱他就把他放在你的左胸处，孩子听着听着就睡熟了……我再次惊诧于老妈妈的博识，我眼中的儿子，头正偎在老妈妈的左胸上，小嘴嘟着，沉静恬然。

后来，妻子带儿子走了，我回到哨所，我把我见妻子的每个细节都讲给了那个兵听，他听完不语。良久，他站起身，向山下的小镇敬了个军礼，我看见，他的脸上有泪水滑落，嘴唇翕动，分明在喊，妈妈，妈妈……

161

草 海

半黄半绿的秋草间，我满头大汗，狠命地抡着骟刀，成排的碱草、黄蒿倒伏在地……绿色的汁液染绿刀背，刀锋却依然散发硬冷之光。我于半年前离开额吉，独自到这片草场，是赌气出来的，属于离家出走。半年里，我拒绝任何人，将整个人藏在这片草海里……漫天漫地，沉浮无序。

本来我大学毕业能留在城里，可我不顾额吉的反对，还是回到了生我养我的草原，回到额吉身边。开初我也有留在城里的念头，可电视上的一件事情改变了我，让我变得毅然决然——一位老人过马路跌倒了，人来人往，却无一人上前相帮，老人终因心脏病去世了，看到画面上撕心裂肺哭泣的儿女……我才下了回来的决心。我觉得我的额吉太苦了，十几年费力带我一个人，除去牲畜没别的影子。我若不回来陪她，难道就让她孤单地过一生吗？额吉也只得依从了我。我们放牧、打草、剪绒、套马，忙得不亦乐乎。我们的日子如水，平静中也有欢乐。

是那个人打破这平静的。

那天，那个人是佝偻着腰身敲打毡房门的。敲两下，一下，好一会儿，再敲。我披衣开门后，看到竟然是他，一时也愣在那里——他明显消瘦了，脸色泛青，花白的头发却还是一丝不乱地抿向脑后……他见了我，脸上堆着笑，急紧着搭话，在家哩！我却板起脸，冷冷地说，大局长，你来做啥呀？莫不是夜猫子进宅吧！他嗫嚅道，我，我想回草原！我立即跳起来，大声喝道，你走，马上给我消失，否则我对你不客气。那人的身子矮下去，弓着背咳嗽起来。

额吉却从包里伸出一只手，拉过我，让他进包吧！我吃惊地大睁着眼，额吉，你忘记是他害得你呀！额吉脸上一片迷濛，好像秋季草原上方的天空，令我看不分明，我又问，凭什么？额吉终于缓缓地说：凭他是你的阿爸！我说他不配当阿爸，人家是大局长。那人讪讪地说，啥局长，我退了。

我不止一次听人讲过，在一个春草泛青的日子，牧羊的额吉挺着大肚子，看着心爱的汉子一步步走出草原，走向城里。那时，汉子的理由是充足的——一个暴雨之夜，一蒙面人让醉酒的额吉怀了孕……额吉生下我，再没出嫁，她说，我的爱情跟着汉子一起走了。

可在我边上学，边悄悄为额吉寻找仇敌的日子里，竟然查出那个人就是我阿爸——当初是局长的千金看上他约他进城的。他又舍不下额吉，才做出那样的事。

额吉听我气愤地讲完这些原委时，没有言语，只是起身赶着羊群，走向草原，走向草海。羊儿肩并肩地走，都不拆群。不时，小羊叫，大羊也叫，一唱一答，声音弥散开来……

那人说，他下来了，一生就这样下来了，但却睡不着觉，他常常梦见牛羊和一望无边的草，他在那里骑马、摔跤、射箭……那人说着像孩子一样肩膀一耸一耸哭起来。那人说，我，我想你们！

额吉轻声说，进包吧！

我大吼一声，你是个罪人！

额吉理都没理我。

我转身离去。

随后的日子里，也有同学约我进城去创业，可我却拒绝了。我知道，我心里还思念着额吉，我放心不下来。一天夜里，我在睡梦中惊醒，我梦见了额吉，他赶着羊群走在秋天黄黄长长的草海里，望着我，一步一步地远离她，走出草原，走进城里……我再也按捺不住思念的心情，跳上马背，我要回去看看额吉。

快近家时，我却见毡包前围着几个人，我的心一下子悬起来，额吉莫不是出了啥事？我喊着额吉，却被迎上来的嘎查达拦住了，你额吉放牧去了。

你们这是做啥？

你阿爸去世了，他帮过我们，我们相约去给他望祭。

我不禁泪流满面。

嘎查达告诉我，你阿爸是个好人，也是个好官，他一生只觉得对不住你额吉，他是来赎罪的——肝癌晚期，只活了3个月。死时倒很安详，是你额吉候候他走的。他说，他心静了，若有来生，他会补偿你和额吉的。你额吉只是笑，说，我知道了。

额吉呀额吉，我奔向草场，远远地见额吉和羊群隐在那一起一伏的草海间。额吉，额吉……草海无边，风吹漾似波浪，满天满地塞满草籽的清香。

梦

　　街路上空飘荡着庞龙的两只蝴蝶，赵素素立在雨里，缠缠绵绵的歌声就似这冰凉冰凉的秋雨，缠绵不休。

　　赵素素没撑雨伞，秋雨浸湿了发，浸湿了肤，也凉透了心。

　　前日，子健拿回一张离婚协议书，要赵素素签。赵素素停住忙碌的手，待在那里，木在那里，傻在那里了。赵素素还是拧拧胳膊，咬咬嘴唇，血出来了，赵素素的泪水也小溪一样地流了下来。

　　子健说他爱上了黄甜甜，黄甜甜这几天要临产，他总得给人家一个名分啊！

　　赵素素没心思上班啦。赵素素找公公，找婆婆，找子健的铁哥们。鼻涕一把，眼泪一把，说快劝劝子健。几天下来，腿跑细了，嘴磨破了，人也瘦下一圈，可子健那颗风筝一样的心，仍在黄甜甜的天空里飘啊飘。

　　单位打来电话，要赵素素上班，赵素素只一句话，天踏啦，还上什么班！子健几天没回家，赵素素给他打电话，子健也只有一句话，离，离，必须离。

　　赵素素立在秋雨里。

　　其实，他们的爱情就是在秋雨中开花结果的。20年前，子健手捧一束火红的玫瑰，在秋雨中立着，在班花赵素素的宿舍前立着。同学们打开窗子，指指点点，赵素素的心慌慌得，像一只活蹦乱跳的小兔子……后来，赵素素问子健，你真傻，淋秋雨会得病啊！子健说，我爱你！为你，我死都愿意！赵素素一下捂住子健的嘴巴，泪水流下来，心里却有蜜一样的东西涌呀涌的。

　　秋雨，冰凉的秋雨。

　　赵素素立在秋雨里，立在子健单位的台阶上。

　　公司的员工们围上来，指指点点。赵素素脸火辣辣的，心冰凉凉的，身子打摆，慢慢地倒在泥水里……

赵素素再次睁开眼时，她看到了子健，她一下抱住子健，你终于回来啦，我们再也不分开啦。子健轻轻抚着她的背，沉默不语。

赵素素摇动着子健的肩膀，你答应我，答应我，我们再也不分开啦！子健慢慢转过脸，说，对不起，我没照顾好你。旁边的小护士捂着脸跑了出去。一种不祥的预兆紧紧箍住赵素素。

医生诊断，赵素素胃癌晚期，生命进入倒计时。

赵素素很平静，赵素素看着床前的子健，看着忙前忙后的子健，心里很满足！子健闲下来时，赵素素就像以前那样依偎在他宽阔的胸怀里，觉得好温暖好温暖。

一日，赵素素偷偷找到黄甜甜。

赵素素说，子健就交给你啦，要好好待他啊。你们的日子还长着呢！黄甜甜拉"抽抽搭搭"地哭，大姐，对不起。赵素素笑着说，我应该谢谢你，有你陪子健，我就放心啦！

"叮零零"……一阵电话铃声吵醒了还在睡觉的赵素素，也吵醒了她的梦。

电话是子健打来的，子健说，求求你快签字吧！要不我完啦，纪委的人都找我啦。赵素素说，亲爱的，我签，我肯定签。赵素素让黄甜甜接电话，赵素素平静地对黄甜甜说，恭喜你，等你生了我再签，我取了证，好能判子健重婚罪啊！哈哈哈……

电话那端一阵杂乱的响动。

赵素素唱歌，大声地唱歌；我和你缠缠绵绵翩翩飞，飞跃这红尘永相随……泪水慢慢流下来。

窗外，秋雨缠绵。

致 天 使

　　马克第一眼见到米丽，目光如竹杆子，回不过弯了。当时，戳得米丽如花似玉的粉腮上落下一抹桃红。米丽抿了两下嘴。一笑，两酒窝。马克不但目光起了变化，而且心底还老有一个声音再喊："就是她啦！就是她啦！"别人听不见，马克却被震得闭上眼睛，扶着墙，有滋有味地调整了好一阵子。

　　米丽问："马总，不舒服吗？"马克闭着眼，摇头，说："没事，还能扛住。""那我忙去了！"米丽一转身的当，又一笑，两酒窝。马克身子一颤，中了子弹，歪斜进办公室。马克知道，不坐进沙发是调整不过来了。

　　马克有公司，身价百万，可以说是黄金、钻石，是枝繁叶茂的梧桐树，但至今独身。马克处过不少优秀女孩，有教师、医生、演员、模特，都没谈成。都是马克先使的扁踹。别人不知为什么！而和他处过的女孩子，却都说马克没男子汉气质。马克妈妈也责备他挑花了眼。马克却笑着打趣："有缘的还没出现！"

　　米丽就是有缘人！马克坚信这第一印象。

　　马克坐在办公桌前，写字，调整。"米丽米丽米丽……"一会一大张，一会一大张。马克咽了一口，还不行，又写。挺小儿科的。马克还给老妈通了电话，胸脯子拍得"咣咣"响，"老妈，出现啦！真的出现啦！"马克妈妈捂紧话筒："克——啊——抓住！"又拍一下大腿："抓住啊！"

　　下班前十分钟，马克给米丽通了电话，捧着二朵玫瑰走进米丽办公室。当时办公室只米丽一人，其他人都让马克安排做其他重要工作了。米丽眼里没有紧张、慌乱，仿佛这一幕早就出现了好几遍。米丽微笑着，粉腮上嵌着两酒窝，机关枪一样地突突着，杀伤力十分惊人。马克西装革履的，模样挺帅，可在米丽眼里，却是木偶了。其实也就在一进门的当，马克的腿和手就成了顺拐。当然马克没觉得，还文质彬彬的，装呢！米丽却看得一清二楚。

米丽接过马克的玫瑰，插入清水瓶中。一回身顺势抱紧马克，在他的脸腮上"啄"了两下，又快速地拎起包，"回见!"，人走了。当中一点过度都没有。没有。其实说不说都没用了，马克早跌坐在沙发里，马克喃喃着："我被天使亲啦！我被天使亲啦！"接着马克又有点后悔，怎么"我爱你"那三个字就忘记说了呢？

恋爱关系确立后，马克从容了许多，可米丽却立马又让他的从容变成了失措。

马克爱好文学，同城有几个同好，时不时地举行赛诗会。马克在爱情的滋润下，诗兴大发，写了一首《致天使》的长诗，要在赛诗会上读给米丽。那晚，他拿着手稿，开车来接米丽，还买了项链和金戒指。谁知，敲开米丽的门时，目光又成了竹杆子——只见米丽刚洗完澡，皮肤上还有水珠子，着一件纱质睡衣，纤毫毕现的。米丽只是笑，什么也没说，但好像什么都说了。马克看着款款而至的米丽，什么都明白了，明白的马克推开米丽夺门而去。米丽"嘤嘤"地哭着："俺也是怕失去你啊！俺也是怕失去你啊！"

马克在酒吧一杯一杯地灌酒，看着揉皱的《致天使》诗稿，早没了读的兴致。马克脑袋垂在裤裆里，心里一遍遍大喊："咋是这样的？咋全是这样的!"

转眼到了"五四"青年节，年轻人大多数都盼这个好日子，举办婚礼呀，能办好事哩！马克妈妈也催马克和米丽把婚事办了。老太太挺急，急着抱她的大胖孙子哩！马克却摇头说没考虑好——他好久不给米丽送花，也不再给米丽写诗了。没事就窝在办公室里，"致天使致天使"地写，后来还写上了小说。

"你瞎写，你在撒谎!"米丽拍着《致天使》的小说冲马克嚷嚷。

其实事情不是这样的。其实米丽在来马克公司前就爱上了马克。马克送的玫瑰不是3朵，而是999朵。米丽当时一激动，就拥抱亲吻了马克。

其实爱诗的是米丽，那首《致天使》也是米丽写的，米丽说马克就是她的天使。米丽本想洗完澡约马克去赛诗会的。谁知，马克进来却要做那事。米丽不愿意，可马克给她金项链、金戒指。米丽仍不依，让马克出去，还大喊保安。

米丽和马克没有结婚是对的，但马克却给米丽买车买房，零花钱一月10万。夜半楼道里常见到马克的影，米丽却从不给马克开门。楼下拾荒老汉在

垃圾桶里拾到项链和戒指，交给保安，保安挨家挨户查失主，问米丽？米丽"哗哗"地洗扑克牌，算卦。头都没抬，没丢，真的没丢。可后来马克却再也没看到米丽戴她的项链和戒指。

坐在案几前的不是马克，是米丽，"致天使致天使"地写，后来还写上了小说。

"你瞎写，你在撒谎！"马克拍着《致天使》的小说冲米丽嚷嚷。

乱喽！糊涂喽！你说说，你说说，马克是谁？米丽是谁？那这篇《致天使》的作者又是谁？

老虎流泪

百兽之王老虎卧在山冈向阳的青石板上似睡非睡，百无聊赖。

一只八哥凑上前讨好地说："大王啊！你君临动物王国，享尽世间美味，可为啥不高兴呢？"老虎鼻孔哼一声，眼皮都未抬，八哥自问自答地说："你少的是一种飞翔的感觉，在天上，那视野，那角度，就是不一样！"

"可我是走兽？"老虎不以为然地反问。

八哥胸有成竹地说："大王让百鸟献羽毛，编一双翅膀，不就能飞吗？"

于是，在某一天清晨，百兽之王老虎就披上五彩斑斓的双翼，站在高高的断崖上……结果是老虎折了一条腿和满口锋利的虎牙。

老虎卧在青石板上养伤，兔子跑过来，"大王啊！生命在于运动，你这样下去身体怎么行呢？要跑步啊！"

老虎就和兔子一起做运动。一只猎狗"猎猎"地叫着冲上来，兔子一蹿就没了踪影，老虎吼叫着要与猎狗搏斗，却见猎人正举枪向它瞄准，老虎一愣神，却被猎狗一口咬去尾巴……

八哥、兔子再也不见踪影，森林里走兽也长时间不进供问候，老虎愤怒地走进森林挑衅，大象一脚踢开它："你这样，还像只老虎吗？"

老虎自知不是对手，流着泪说"当初，我，我怎么就不拒绝呢？"

八哥、兔子也流泪："大王啊，俺们那时也是一片好心！"

乡村笛声

多年以后，王秀枝坐在别墅的藤椅里，唯一不能忘怀的是青山的笛声和那个慌乱的早晨。

那一年，火车开进大山里，惊得鸡鸣狗吠。人的神经里也莫名充盈着兴奋的因子。老年人全跑到屋外看稀奇，姑娘们都约定好似地打起行囊，想坐火车进城去。她们叽叽喳喳地来找王秀枝，"秀枝，俺们进城闯一闯！这里穷山恶水，有啥意思呀？"说完这话，姑娘们大眼瞪小眼满怀期待地看着王秀枝，王秀枝算是这拨姐妹里的人物头和主心骨，姐妹们都佩服着哩！谁知，王秀枝甩甩马尾辫，不屑地说，"俺不去！"姐妹们皆不言声，心都凉了，王秀枝又说："城里有什么好？高楼、马路、人群、车流，烦不烦？俺不去！"

当载着姐妹们的火车启动时，王秀枝的心里还是动了动，可旋即归于平静。

是青山的笛声抚慰了王秀枝的心。

那晚，月光如水，高高的谷垛上，青山吹笛子，王秀枝头枕青山的脊背，数星星。后来青山问："秀枝，你咋不进城？"王秀枝月光般的目光漫过青山，闭目吸口气，肺腑里满是稻谷的馨香和青山男子汉的气息。王秀枝坚定地说："有你的笛声，俺就不去！"青山心一颤，握住王秀枝的手，久久不放。

可王秀枝最后还是走出大山，进了城。

王秀枝在藤椅里伸伸腰，望望斜西的日头，叹口气，周围的空气也丝绸般颤抖不停。

也是那年，年味越来越浓时，姐妹们回村了。她们穿着高跟鞋，戴着金首饰，头发百花一样各式各样地盛开着……王秀枝的眼睛不够用了。"电脑、保健、网络、足疗……"姐妹们嘴里的名词一嘟噜一嘟噜的，王秀枝听得一愣一愣的。姐妹们还说，"天天晚班，虽辛苦却来钱，可比土里刨食强百倍！"后来，姐妹们有意无意地躲着王秀枝，王秀枝也有意无意地躲着姐妹们。是啊！城里乡下的，没有共同语言了。王秀枝夜不能寐，一个王秀枝说，"不去，你还要听青山的笛声！"另一个王秀枝说"不，你不比她们差！"王秀枝翻来覆去的，衣服就滑到地上，她伸手捡起衣服，眼睛一下盯住上面的补丁，身体里打架的王秀枝们就安静下来了。也就在那天早晨，王秀枝背着小包裹，深一脚浅一脚跑出大山，跑着跑着，耳边竟传来青山的笛声，王秀枝捂着耳朵，做贼般跑到30里外的小站登上车。

"狗日的青山！"王秀枝抿抿嘴，骂了一句。

王秀枝后来听说青山知道她进城，竟摔碎笛子，捶胸顿足地哭嚎："俺要挣钱，没钱都没个女人疼！混不出个模样，俺就不是人！"

王秀枝现在什么都有了，金首饰、别墅什么的。姐妹们说青山也发了，这小子与人开矿，办起了公司，全村的壮劳力都给他打工哩！王秀枝曾在一晚驾车回村，却让她大吃一惊——几年不见，村子竟找不出原先的半点模样，和城里一样，都是高楼马路和霓虹灯。王秀枝愣神的当，真赶巧了，一酒店里走出几个人，竟是醉酒的青山，在两个保镖搀扶下跨上路边的宝马车。看来，青山的日子也很滋润。

太阳已坠在西边的高楼后，屋里暗下来，王秀枝在藤椅里静静地睡着了，她微微张着嘴，颊上竟挂着一丝轻轻的笑。

第二天，保姆上工发现王秀枝时，王秀枝已经永远地去了。

出殡时，放的不是哀乐，却是阵阵悠扬、宛转的笛声。

青山带人赶来时，听着笛声，竟热泪长流。许多年来，他也是再次听到这样的曲子。

麻袋包不住锥子

小郑老师吃尽了没靠山的苦头。

王主任挖窟窿盗洞调回城，留一肥缺。小郑动心了，眼红了。

小郑是才子。小学、中学、大学，考了又考，试了又试，最后轻轻松松抱一红红的大学毕业证书，踌躇满志地踏进育人中学欲展宏图。没凭人，没靠钱。家徒四壁，爹是个鞋匠，用小郑的话说，是个标本式的手工业者。小郑面前，无疑是条自立的路。

小郑教学顶呱呱。

起初，小郑所带学生，吸烟喝酒，打架斗殴，全校的"次品"。俨然是帮混混。晃过半年，改样！学风日好，纪律严明，成绩是芝麻开花节节高，个个似换个样，戴近视镜的上身微凸的校长挑起拇指："唉！一只狮子领群绵羊能胜过一只绵羊领群狮子哩！"

因这，小郑要跑跑。

可最后，主任位却被同期毕业的小杨顶了缺！细打听，小杨是校长的表侄啊！

小郑蓦然长些不平，长吁短叹，喝点酒，摇头晃脑，"千里马常有，而……"

声调中溢满无奈和悲壮。

年度评"优"，小郑又眼红，是！工作干了，年轻人谁没有荣誉感？

评审结果，仍是小杨！

小郑愈发不平，这若有个靠山！小郑精神蔫蔫的，似只斗败的鸡。

放假，小郑懒得回家，爹是鞋匠，只会握那明晃晃的锥子，哧啦哧啦掌鞋，唉！小郑自怜，若是个啥长？何苦？

终于还是回家的小郑踏进家门时，爹正用餐。儿子有出息，吃上公家饭，

爹腰板壮，脸上有光了，常有滋有味地捏两盅或高一声低一声地哼小曲。见儿子病恹恹的，爹很吃惊，开嗓问："啥闹心事？"

小郑索性竹筒倒豆子，把自己的遭遇全抖落给爹。

爹吸烟，烟一圈圈弥漫开来，雾蒙蒙弥漫房间。猛然，爹一歪一歪扑向外屋……

爹一手拿锥子，一手拎麻袋。小心翼翼把锥子放入麻袋，爹像是要做紧要的事，脸板着，神情虔诚、庄重。小郑疑惑不解。又见爹手揪麻袋口，抖抖，锥尖一下穿破麻袋，露片明晃晃的光，极刺目。爹又取出锥子，再放进，抖抖，再抖抖，锥尖又穿破麻袋，明晃晃一片……

爹咧嘴笑："麻袋包不住锥子哩！"

小郑心头陡然一震。

一年后，小郑破格荣升要职。小郑成绩出色，兢兢业业，成绩一高再高。

星期日，小郑买瓶茅台，欢天喜地奔回家。在他心中，那一手拿锥子、一手拎麻袋、满脸沧桑的爹，是他真正的靠山啊！

想念李清照

　　那天夜幕时分，多年未走动的哥们张浩打来电话。听得出来，他喝点小神酒，情绪还一涨一涨的，满嘴跑舌头，我们争先恐后捡拾师范学校里的陈谷子烂芝麻，星星点点的，现在却似嚼槟榔，味道挺好，好极了！后来，张浩突然问我，还记得李清照吗？我哈哈笑起来，记不住谁，也不能记不住李清照吧！那届的男生谁不知道呀！

　　说句实在话，李清照的白色连衣裙，李清照的如瀑秀发，李清照怀抱《漱玉词》走在杨柳依依的校园甬路上的形象，现在还时不时地扑闪在我的梦里头。新生入学时，美术老师给李清照画一张速写，回去要做油画，老先生感叹说："唉，画来画去都是维纳斯啊！"

　　知道李清照是李清照的是那次考试。那时的师范生是各初中的尖子生，八、九年的求学经历，在班级都是数一数二的高手。新生入学的摸底考试里，大家都憋足一口气，想在师范学校确立新形象。考试成绩公布后，却让许多人大跌眼镜——李清照竟以高出第二名张浩50分的成绩名列榜首。同时，大家也都明白了一个道理——在今后的师范求学中，只能和张浩争第二名吧！因为有李清照。

　　后来的日子里，师范学校里的白马王子们向李清照发起一轮一轮的进攻，伤心伤肺的，艰苦卓绝的。送花、送礼物的，无一例外，，一轮一轮又被李清照的冷脸子挡在圈外。一个写诗的小子蹿上5楼，向李清照示爱，当时的场面轰动了整个师范学校。负责安全的政教主任很急，要李清照先答应，李清照却轻描淡写地说："跳就跳呗！"，消息反馈到5楼，那诗人自己下来了，诗人得个处分后，认识得很清醒，看来这真不是硬来的事。李清照是一朵出水的莲花，只能是看的、爱的、敬的，只能是远观的。张浩是最后追求李清照的，两个人是很近的，第一名与第二名的位置。诗人也鼓动张浩，你上吧！你要是不成，那天底下也没人配起李清照了。就在师范毕业的前一天，张浩憋不住了，再憋就凉菜了。张浩转了许多圈后，送给李清照一本诗集，脸红脖子粗地吐出那三个字。张浩当时像个笨拙的孩童，以为李清照会拒绝，递诗集就像递送上判决书。谁知李清照竟欣然接过书，提笔写下，"请你读完博士再娶我"几个娟秀大字。当然这不仅仅是字，这是斩钉截铁激动人心的好消息，这是张浩同学未来5年的目标规划。

张浩在电话里让我陪他去见李清照。

张浩说他现在已读完博士，可李清照却嫁给一名富商。我心里痛，却还找话安慰张浩。张浩说，富商先给李清照一部车，李清照不答应；又给楼，李清照还不答应；后来富商投资拍电影，让李清照演主角，李清照就答应了。

张浩在一幢豪华别墅前拦住一辆黑色法拉利，黑色的车身一如黑色的夜。李清照没下车，只在车窗里探出暗夜中不太分明的脸。张浩递上鲜花说，"我，我博士毕业了。"李清照说："祝贺你。"张浩又递上那本诗集，李清照接过书，翻翻，纸页就像昨天的岁月。李清照就一下一下撕个粉碎。粗壮男子发动了车子，满地的纸屑一如翻飞的蝴蝶。

天悬明月，城市灯火亮如白昼，车流人丛里，张浩和我并肩走着，都不说话。我们转了一夜，筋疲力尽的，都不想回家。

最近的校友聚会上，张浩已是一家私营企业的老板，身价逾亿。席间，他向我谈起李清照，富商原是骗子，后因车祸身亡，李清照身无分文，带个女娃在他的公司打工呢！我知张浩仍是独身，就用眼睛盯着他："你又有戏啦！"张浩苦笑着摇摇头。

那天聚会，张浩通知李清照。

李清照面前摊一部诗集，眼睛红肿着，没去。

别的同学都不知道李清照的事情。人人都问李清照，张浩和我却没告诉他们。大伙一口口灌着酒，嘴里谈的却都是李清照。

爱上女主播

　　王麻子和他水桶般的老婆人前人后明里暗里扬说苗二稀罕上了女主播。村人听后身子一弓一弓地笑，逢着苗二就没深没浅地揶揄，癞蛤蟆想吃天鹅肉啦！癞蛤蟆想吃天鹅肉啦！苗二赶一帮猪，嘴角搭一支拇指粗的旱烟，一瘸一拐不急不缓地走，渐渐消失在七高八低的声调里，耳朵似塞满毵毛。

　　村里没啥乐景，唯一的乐景在王麻子家。王麻子磨豆腐挣钱买回彩色电视，村里老老少少挤得满满腾腾一屋子，苗二挤不进，就用砖头垫脚伸脖子往里瞧。那女主播出现时，村里老老少少眼前都一亮，一个骚包汉子就说你看那皮肤一掐能出水。另一个说你说这人能睡吗？男人们轰一声大笑，边笑边用眼睛瞅女人们，女人们也轰一声笑了，心里都一涌一涌的。电视散场后，村人说着笑着睡觉去了，苗二挤到电视前，上下前后边找边说："这人呢，娶就娶这样的仙人哩！"王麻子说："你回吧！明天她来时，我给你保媒！"王麻子那水桶般的老婆早伏在地上"嘎嘎"地起不来身。

　　苗二没有料到，竟然有艳福，与女主播有了一次面对面的接触，这次接触源于村里来了一个电视剧拍摄剧组。

　　三月里春正发生，野花绽开媚脸，野草一大片一大片拱破地皮。公猪喷着白沫，一眼一眼往母猪们丰腴的身子瞄，冷不丁就"嗷"一声蹿上去……苗二站在不远处的断崖上，左手叉腰，右手挂一根赶猪的棍子，风轻轻掀动他的衣襟，他的目光看得很远、很远……进村拍戏的导演也就在那一刻选他做演员的。

　　拍戏前，导演对苗二说，你没有台词，你就帮鬼子大佐按住那女的就成。一场戏给你 50 块。苗二点头说，行啊！行啊！

　　换好服装，导演大喊一声："开拍！"日本大佐眼放绿光"嗷"一声踢开屋门。"要西，花姑娘。"大佐喊着，叫着，冲上去，擒捉住女主角，"哧啦"

一声扯碎女人衣襟，露出白晃晃肌肤，大佐张开满是壮硕黄板牙的大嘴，口水淋漓……女人花容失色，勉力挣扎。苗二先是缩手缩脚，再定睛一看，那女人竟是女主播，就"扑"一拳打在大佐脸上。大佐鼻血飞溅，转身负气和苗二撕扯在一起……"好啊！好！"导演大声喝彩，四周"哗哗"响起掌声。可苗二和大佐还未停手，苗二撕扯大佐的耳朵，大佐狠掐苗二的脖子，仍全力相搏。剧务七手八脚拉开两人，导演说："太好了，太好了！这真是绝妙的一笔啊！"

大佐"呸呸"地吐着嘴里的血沫子，对苗二怒目而视。

女主播扯扯衣服，杏眼妩媚，格格笑着对苗二说："你真当真了。"边说边从怀里掏出一方雪白手帕，清香脉脉，"你擦擦吧！"

导演给苗二加了50元，又要留苗二吃饭，苗二不肯，转身"蹬蹬"地跑了，他的怀里藏着女主播的那方白手帕。

谁也没料到，正是这方白手帕送了苗二的命。

第二天剧组就开拔了，苗二想找女主播，可却再没见到她的影。一天天过去了，苗二每晚早早守在电视机前，看女主播，眉毛眼里溢喜气。白天就站在断崖上看那方白手帕，嗅那方白手帕，还嘀嘀咕咕地对那方手帕说话……

一日暴雨，苗二赶着猪往山顶上跑，一头跛脚猪却怎么也跑不动，苗二就抱起它跑，洪水"哮叫"着恶狼似地冲上来。苗二怀里的白手帕却掉出来，被泥水裹挟着冲向沟底。苗二急急撇下猪，像流星似地追了下去，一个浪头，苗二就无影无踪了……

村人在下游找到苗二时，他已经没了气息，肚子好似一个饱满的大西瓜。洪水已把他的衣服脱剥干净，可他的手里仍紧紧地攥着女主播的那方白手帕。

老爹把苗二穿戴齐整后，葬在拍戏的小山坡上，随苗二下葬的还有那方白手帕。

王麻子和他水桶般的老婆哭得极伤心，眼睛红红的，在苗二的坟前恭恭敬敬地鞠了三个躬。

今天我结婚

鞭炮声、唢呐声和孩子们的嬉闹声自窗外漫进来，红影一闪，陆小千却哀叹一声缩紧身子。良久，陆小千对红裤红袄宛如沉静小兽的秀说："不娶，我不娶！"人群默住，呆住，石块一样凝住了。村长扯扯破锣似的嗓子不解地说："陆小千呀，陆小千。"陆小千说："我是一个废人，我再不能拖累秀了！"秀的爹娘挤进来，娘佝偻着身子，嘴张张却流下泪，爹边抹眼睛，边抖抖索索取出一盒磁带，"孩儿，你听听，你听听吧！"

那晚，月儿高挂，群星竞辉，小院渗浸在高粱大豆的馨香里，没风，远远几声虫鸣入耳，小院极静。

"秀啊，秀，咱不嫁，咱要脸子有脸子，要身段有身段，不能趟陆小千那盆浑水了。"娘揉揉眼睛，泪水就欢欢地流下来。

秀低垂玉盘样的脸，眨巴着湖水样的眼，不言语。

"秀啊秀，咱不嫁，现在别说订婚了，就是结婚的，不是说离就离吗！咱不能一棵树吊死啊！"爹的烟锅旺旺地红着，烟雾丝丝缕缕地向上飘动。

秀仰起脸，眼眸中飞溅出玉珠一样的泪，"陆小千从城里来支教，还不是为娶我！"

"你这是感动，不是爱情，再说你也对得起他。"爹磕着烟锅说。

"不，他爱我，我也爱他，他为救孩子砸坏腿，我离不开他！"

"我的苦孩呀！"娘竟咧嘴哭起来，"咱家可就你一个独苗啊！"

"不，我不苦，跟小千在一起，我才发自真心地感觉到生命的美好。"

爹停住手，娘止住泪，互望一眼，突然双双奔上前，竟孩子一样紧紧地拥住秀，"秀啊秀，我们有你这个女儿值啊！"

天井里，月亮大睁着眼，四野的虫鸣，却沉寂下去。

磁带沙沙地响，陆小千的眼里挂满泪花，在场的人都流下泪……

良久，秀轻轻地对陆小千说："走吧！"

陆小千点点头，尴尬地笑一下，又沉默下去。

村人们也都默住了——当地的风俗是新郎必须背着新娘上花轿。

那时，陆小千救人醒来时，见到秀还是眉毛眼里尽是笑，可当他知道自己腿坏了，再也不能走路了，就鼻子不是鼻子脸不是脸的，态度就变了，你快回，我俩刚订婚，让人看见会笑话。秀说我不怕笑话，我就想和你在一起。陆小千扭过脸，呆呆盯住一处，半天半天不出声，用冰冷的脊背对着秀。

一天，二天，几个月过去了，秀仍不走。

陆小千终于说："我要去上课。"秀一下蹦起来，"去吧，去吧，学校的孩子还等着你教呢！"于是一天清晨，村人就看见秀抱着陆小千走在坑坑洼洼的羊肠小路上。一堂课40分钟，秀正好耪完坡上的一垄地，秀又两腿生风地跑回来，抱起陆小千去蹲茅厕。放学铃一响，秀又准时抱着陆小千回家吃饭……

一年，两年，三年，秀风雨无阻，秀抱着陆小千生活，也让村人习以为常了。

陆小千仰起脸，歉意地说，"秀，我一生都抱不起你了。"

秀粲然一笑，"可我天天抱着你呀！"秀边说边上前熟练地抱起陆小千，转身向婚车大步走去。

掌声鞭炮声唢呐声和孩子们的欢笑声潮水样漫过来，漫过小山村。

陆小千就是我，那年我26岁。

奔跑的小芳

王老师眼里，女儿小芳变了。女大十八变嘛！小芳个长高了，亭亭玉立了，惹人眼球了。王老师是欣喜的，盼望已久的。可没过多少日子，王老师欣喜不起来了。小芳不是十八变，都七十二变了。小芳把皮肤涂成小麦色，头发更是白的、黄的、粉的、绿的，五彩缤纷的，气象万千的，一点也不着调喽！

王老师很着急，嘴角都起水泡了，更让王老师着急的是小芳竟然变得不爱学习，退学了。

退学原因王老师也是后来听说的，从小芳同学二子那。教高三 2 班语文的叫张强，新毕业的，长得像刘德华，站在讲台上，走过来，风华绝代；走过去，绝代风华。古文背诵得棒极了，一梭子，一梭子，正背，倒背，风过无痕，行云流水啊！男生女生艳羡地伸长脖子，像鸭，"哇噻，好帅吧——"

男生们的发型全变了，都是张强式的。女生们表面上没啥动静，暗地里却都睡不着觉了。

只有小芳，在一天语文课上，手捧着三朵火红火红的玫瑰，笔直地走向张强老师，礼貌地递给张强老师，"爱我不爱我是你的权利，但爱你不爱你是我的权利！"张强老师愣怔的功夫，教室里响起口哨声和"哇噻""哇噻"的叫好声。小芳又对张强老师说："你不要考虑我们是师生，今天我退学了。"小芳边说边"咯咯"笑着，没事人似的走出教室。

王老师 28 岁那年经人介绍和老伴结婚。后来，老伴在小芳 5 岁那年就走了。10 多年了，有人劝王老师往前走一步。王老师怕小芳受委屈，拒绝了。王老师找出年轻时的照片，对小芳言传身教。照片上的王老师嘴角微微翘起，目视前方，一条油光水滑的大辫子垂在微微隆起的胸前，目光是那样的清澈明亮，是那样的憧憬未来，志存高远。

王老师说："芳啊芳，咱女孩呀，要有个女孩的样！"

小芳放下照片，把 mp3 的耳机子从耳朵眼里掏出来，嘴里"啪啪"地吐着泡泡糖，"妈呀！我，没，错。"说着起身一扭一扭地走了。小芳觉得与老妈的沟通越来越难了，什么年代了，还拿老照片来糊弄她，太小儿科了。

王老师小溜教了 30 多年学，也知道来硬的不行，那样容易造成对立面，可能会适得其反。

王老师还没想好计策，小芳的"裸奔"风波，就轻松地她送进了医院。

小芳退学后，天天泡吧。没日没夜的，到饭口也不归。王老师就一家一家找，找回来，再下厨做饭端上来。王老师说玩就玩吧，可要注意身子骨，身子骨垮了，就玩不成了。小芳只是大口大口地吃饭。小芳耳朵像是个漏斗，左耳朵进去，右耳朵就出来了，听都没听进去。吃完饭，又奔向网吧了。小芳在网上建博客，声称要和张强"一夜情"，并把自己的玉照发在博客上。网友跟帖都跟疯了，短短 3 天，点击率突破 10 万次。声调都是出奇的一致，高度的统一，都赞美小芳清纯漂亮，都支持小芳"一夜情"。有几个铁杆粉丝还有了点过激行为，打电话要张强给说法，答应小芳的条件，男子汉要勇敢站出来！

张强沉默着，小芳下了最后通牒，张强要是不答应，她在星期五裸奔。网上的风浪一浪高过一浪了。有个广州的男子声称要坐飞机赶过来支持小芳，绝对支持！

张强在网上说："你呀你，你还是个孩子呀！你不能，会毁了你呀！"张强打着字，都流泪了，网上的小人图片都被水淋湿了。

小芳不满意，网友也不满意，看来只能裸奔了，是的，裸奔，不能等了。

星期五一大早，小芳家四周的街路挤满了人，交通堵塞了。街道外边的交警满头大汗地维持秩序。电视台、报社的记者们扛着摄像机，端着相机前前后后地跑，漂亮的女主持端着话筒要做现场……当地社区的一个艺术团，敲锣打鼓的，载歌载舞的，说是义务演出，先垫垫场子。

王老师也挤在人群里，伸长脖子看。这几天的气氛真有点节日的味道呢，年不年节不节的，王老师都体会出来了。

二子看见王老师，热烈地迎上前问，"准备好了吗?"

记者们听说是小芳的母亲，都围上前要采访。

王老师不解，二子又说："今天小芳裸奔。"

"啥！裸奔？呀——"王老师神经象被折断了，一下晕倒在地了。

有人打了120，小芳扶着王老师上了救护车，广州飞过来的男子大声喊："小芳啊！亲妹子哟，时间要到了，你咋走了？"

小芳用手理理红头发，"啪啪"吐着口香糖，"先送老妈吧！裸奔以后再说吧！老妈就一个呀！"

众人齐齐"嗨"一声，都非常地失望。

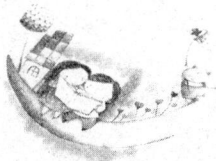

张小三的明星脸

张小三一辈子看不见后脑勺。乔家庄的人都这样说。这话有毒，把张小三看"死"了，就是咸鱼也翻不过身，驴粪蛋子也不会发光了。

虽说"人不可貌相"，可张小三坏菜就坏菜在长相上。我们的小伙伴都不把张小三当个豆，因为张小三是百分百的另类——他一颗硕大无朋的脑袋，配一条细长细长的脖子，不成比例，不堪重负。小眼睛像两颗黑豆，一喊"张小三"，他不转头，只是两颗黑豆在一道缝里，从左滚到右，从右滚到左。张小三的学习成绩也不好。四、五年级学习了两年地理，老师让他面对地图定方向，张小三还是找不到北。老师就罚他在大柳树下站桩，一站就是小半天。村西的王麻子天天走街串巷卖豆腐，天天都能在围墙外看见张小三。一见张小三，王麻子就咧开嘴，颗颗麻子都往外冒喜气，"小三，又站岗哩！"张小三脸红脖子粗的，大脑袋耷拉到前胸上去了。

张小三爹娘也不敢支使他。那次放暑假，爹和娘带小三去田里割麦。爹不住地叮嘱，要左手扶麦，右手握镰，眼睛盯着镰刀刃。爹的话音还没落，张小三"哎哟"一声就割在脚腕子上。爹和娘又哄又包扎，折腾一上午；误工了。他们再也不想领张小三干活了。爹说："养儿防老，养儿防老；俺这是养个活祖宗。"娘哭天抹泪的，后来逢人却说："小三是贵人，做啥都要工钱哩！"王麻子几个人都咧着嘴，"嗤嗤"着，不接话，小三娘一转身，却笑个七高八低。

我大学毕业那年带女友张玲回村，见许多儿时的伙伴都娶上媳妇，养了儿，顶门过日子，成一家之长了。而张小三却还是孤家寡人。听说谈了十几个，都吹了。后来媒人给张小三介绍一个寡妇，谁知寡妇一听是张小三，竟一下把媒人"请"出门。过后，还恨恨地骂："嫁汉嫁汉，穿衣吃饭，莫不是让老娘养活这个活祖宗。"张小三爹娘叹气、流泪。张小三却转动着小黑豆说："甭急，俺娶也不娶她那样的，俺娶就要娶个画上的哩！"

张小三的命运就是从碰见张玲开始的。后来乔家庄人都说，张小三遇见贵人，咸鱼翻身，驴粪蛋发光，看见后脑勺了。

那天我和张玲在街上碰见张小三，张玲蝎子蛰脚似的尖叫起来："二柱子，呀！二柱子！"当时，村街上就我们三个人。张小三晃动着大脑袋，小黑豆左转右转，最后对吃惊的张玲说："俺，俺不是二柱子，俺是张小三！"

张玲是晚报的记者，娱乐版的，肯定是认错人了。张玲激动地揉着挂下来的下巴，说："太像了，太像了，张小三你太像明星二柱子啦！"

后来的事情就顺理成章了，张玲给报社打电话，采访车来了，围着张小三又拍又照。第二天，张小三和大明星二柱子的对比版就占据了晚报的所有版面。整个县城都轰动了。二柱子特意来看张小三，两个搂抱在一起，小三娘找了半天，才找对张小三。县剧团请去张小三，专门模仿二柱子，场场爆满，张小三也成大明星了。

前天在街上，我逢见张小三，见他身边一妙龄女郎，小腹微鼓，小鸟依人的样。张小三大大咧咧向我介绍"我夫人，张小曼！"又拍着我的肩膀说："我同学。"这时，只见张玲带几个人举着相机冲过来。张小三和张小曼像躲瘟神似的钻进轿车，绝尘而去。

春节回到乔家庄，见乔家庄小学那棵大柳树还在，已经被人用线绳圈起来，里面立块牌子，上面写着"张小三树"，几个大字。听说，王麻子往县城跑了好几趟了，正把豆腐注册成"张小三"牌豆腐。村长对我说："我递申请了，要把乔家庄改成张小三庄，这也是招商引资的一张名片哩！"